Samba Fandango
Andreas Chamorro

ABOIO

Samba Fandango

Andreas Chamorro

PREFÁCIO

Andreas tem a palavra autodidata tatuada um pouco acima da sobrancelha. Como quem deixa claro que aprende com o que vê, enxerga e lê com os próprios olhos, não através dos olhos dos outros.

Talvez seja por essa capacidade de aprender sozinho que ele vem se tornando único na literatura brasileira. Evoluindo e mudando a cada obra, desde *Divindades solitárias*, *A orgia perpétua* e *Antes que o fruto caia*, até este **Samba Fandango**.

Através do autodidatismo generoso do autor, nós também aprendemos. E nos perguntamos, por onde andou a literatura brasileira que, por tantos anos, ignorou palavras de sonoridades e significados tão belos como *adurá*, *Obaluaiê*, *ogã*, *ebó*, *obi*, *paó*, *assobá*?

Esse mesmo autodidatismo que, por não dever nada a ninguém, a não ser ao próprio Andreas, o liberta, a ponto de contar a história mais original que li nos últimos anos, ao misturar candomblé e uma gangue de travestis traficantes. Que, apesar de toda a violência, está cheia de ternura (*A música não cura a dor, Duzinho. Ela leva a dor pra outro lugar*). E que, apesar de se passar em um lugar fictício, é real como se acontecesse logo ali na esquina (*Nenhuma mama onde eu já caguei!*).

O autodidatismo de Andreas não é apenas a forma que ele escolheu para aprender. Mas também para criar. Do seu jeito. Como sua maneira de misturar os narradores e os tempos narrativos. Como a escolha dos nomes para os personagens que, de tão exata, nem parece escolha, mas sim batismo: Diaba, Pombo, Pardal, Windson, Quitungo, Tripa, Caju, Lente.

Bons livros nos fazem ter a vontade imediata de ler os livros anteriores dos autores. Mas há obras como *Samba Fandango*, que nos fazem imaginar como serão os próximos, aonde o Andreas pode chegar. E, com ele, os limites da literatura brasileira.

Este livro prova que o romance não está morto, que nem tudo já foi contado. E muito menos aprendido. Foi preciso um autodidata aparecer para nos mostrar que todos deveríamos ter, se não uma tatuagem no rosto, pelo menos os olhos humildes o suficiente para seguirem abertos. Atentos para reconhecerem um acontecimento, como é a chegada de *Samba Fandango*.

Marcelo Conde

*Para Ana Rubro Negra, que é
personagem mas a mim existe*

As velhas terão sonhos
As jovens terão visões

Ventura Profana

Por mais forte que o vento sacuda as folhas da
palmeira, a grama embaixo dela não tem medo

Provérbio de Odi Meji

Èṣù ọdàrà, ọmọkùnrin ídọ ló fí[1]

oriki de Èṣù

---

1   *Exu Odara, filho-homem, mas que também usa clitóris*

Houve uma tragédia no morro
Uma gota de sangue
E um pedido de socorro
(bis)
Olha, meu senhor, não me prenda, não
Pois eu sou da lei do cão
Matei e não estou arrependida
Se não tivesse matado
Eu teria morrido
(bis)

O povo queria matar uma mulher
O padre não concordou e a rezou com muita fé
Ele era pecador e na fogueira queimou junto
Foi parar lá no inferno aquele casal de defunto
Ela se juntou às cinzas e gargalhou à luz da lua
A mulher virou Mulambo e o padre, seu Tranca-Rua

Foi condenada pela lei da Inquisição
Para ser queimada viva Sexta-feira da Paixão
O padre rezava e o povo acompanhava
Quanto mais o fogo ardia ela dava gargalhada

cantigas de pombogira

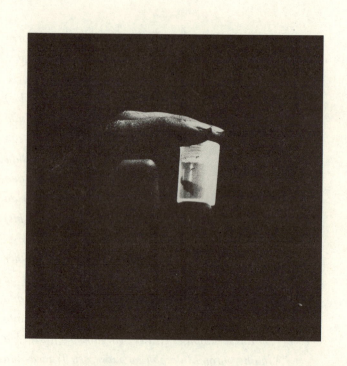

Tão logo Andrea devaneou, a lembrança dela surgiu como um filme. O momento em que entrou na casa de dois andares, que viu o portão hermético, a escada e o corredor tomado por vasos de plantas, samambaias na área, espadas-de-são-jorge nos cantos, suculentas nos murados, a tinta descascada ao redor da janela, e Juma, emoldurada como uma deusa de cabelo amplo, sentada respaldada de braços abertos no sofá, como se a esperasse com boas-vindas, o vestido solto pelo corpo, estampado de onça (sua estampa favorita), os brincos argolados, a maquiagem pesada ainda que fosse pouco mais de três da tarde, o perfume adocicado, o olhar de ouro velho, pernas cruzadas, unhas do pé pintadas de amarelo-escuro. Lembrou-se do sentimento de medo, não medo dela, mas daquilo que o encontro com Juma poderia dizer sobre Andrea, sobretudo porque ainda não aceitava, naquele dia (naqueles dias) mal conhecia a Andrea dentro de si, sua pessoa real como uma vaga e distante suspeita, há poucos meses era um *ela* dentro d*ele*. Teve medo, quando entrou pelo portão teve medo, quando a viu sentada no sofá teve medo, quando colocou o smartphone para gravar (já haviam combinado o depoimento) teve medo. Só se perderia do sentimento (feito o sentimento fosse uma pessoa de carne e osso) assim que o rio corresse da boca dela e Andrea fosse apresentada (apresentado) a uma parte da favela que lhe era desconhecida, como um circo que havia ido embora, articulado com figuras únicas e nunca mais mencionado, uma lembrança de poeira, fofoca morta. A Diaba (Pombagira, Titão, Titânia, Demônia) que havia sido chefe de uma quadrilha e dona de uma história, que havia brigado com o finado dono do Morro, que havia agrupado numa hoste armada bichas e bichas, que havia raspado para Iansã, que havia sido soldado do exército. O como Juma a conheceu em 1997, o como a Diaba deixou de ser dona de avenida em 1999, o como Demônia virou chefe no tráfico em 2001 e o como era *O diabo. Ela era o general da gente, né. Forma ou outra, era. Era macumbeira, coberta de cicatriz, olho vermelho, quase dois metros de altura. O que ela falava, se alguém perguntava, era que ela defendia a gente. E era, mas o mesmo doce que dava em quem mexia com a gente ela dava na gente. Vivia de cobrar as bichas, e eu fui uma delas. Porque ela não conseguiu ser cafetina. Depois que as bichas todas se juntaram pra matar ela de faca que parou, ela sumiu, mas eu fui junto, eu acompanhei ela, porque eu era ligada com ela. Eu fui a única que continuou, porque a verdade é que até acontecer a guerra eu era fascinada por ela, a gente era amiga mesmo. Mas me pergunte se a amizade foi forte quando ela começou a vender droga. Não, meu bem, não, não, eu virei subordinada, menos que as outras meninas que vieram depois, mas subordinada* Gabriele veio até Andrea e a arrancou de si mesma. Um cliente dentro de um carro cinza a queria, parado de faróis ligados na beira da avenida. Andrea andou até o carro devagar, o sorriso estampado com força *Su-*

bordinada é subordinada, o mínimo de regra que ela colo-
cava pra gente, tinha que obedecer. Só que tudo o que ela
viveu, ainda mais os anos de avenida, isso moldou a Pom-
bagira, que é o nome de bandida, o nome que ficou mais
conhecido e o nome que ela tinha mais orgulho. No começo
da transição, ela falava, o exemplo de mulher dela eram as
estátuas de pombagira nas lojas de macumba, cinturão,
peito redondo e duro, sorriso de maldade, olho forte. E ela
até parecia uma estátua dessa, só que ainda assim não batia
porta Completo é cem, amor, Andrea disse. O cliente mal
aparecia na penumbra do carro, ela apenas entrevia seu
braço, a mão sobre o volante *porque não adiantava, os*
clientes tinham medo dela, essa é a verdade, uma verdade
que ela não aceitava que dissessem perto dela. Os clientes,
ainda mais os de hoje, se importam se a travesti parece
mulher? Não, eles não se importam, colocou uma picumã
na cabeça, pronto, eles imaginam o que quiser. Só que ela
era muito ombruda, braço grande, pescoço grosso, muito
alta. Eles tinham medo de apanhar, só sobrava pra ela os
que gostava de ser mulherzinha, as mariconas, os que gos-
tava de apanhar, os que gostava de pôr a calcinha da trans,
mas logo rareou, os clientes sabem que a gente fala entre a
gente sobre cada um deles, os que saíam com ela não que-
riam fama rodando Andrea entrou e ele deu ignição evi-
tando olhá-la, e ela, porém, olhou, olhou o rosto dele,
reparou na sua dinâmica, aonde ia o nariz, a curva da testa,
a altura da boca, a arquitetura do queixo. Juma passaria
aquela tarde inteira contando a história da Pombagira, não
serviria café e não se levantaria uma vez, quando pausasse
seria para pensar melhor antes de falar. Até aquele dia

Andrea nunca havia visto uma travesti mais velha *Muitas trabalhavam na Atlântico, eu acho que até ouso falar que os tempos dela foi o auge daquele ponto, que é um dos principais de Cidadela, não sei como é hoje, mas aquela época era sim. Não tinha menina que não batia porta ali e os clientes gostavam porque tinha variedade, qualquer carro que parasse no acostamento podia ver, uma penca de bicha de todo jeito. Nos tempos de Diaba cada uma pagava trinta arô para trabalhar, se não, apanhava, e apanhava não só dela como das outras. Eu fui uma dessas, um bibelô dela ou papagaio de pirata, que foi como me chamaram. Só que eu falei: era amiga mesmo. Eu 'tava na maioria das confusões dela. É como se eu conseguisse dizer como ela tinha arranjado cada cicatriz* O cliente a levou no motel indicado, onde Andrea conhecia desde a recepcionista até o camareiro. Entraram. Quando ele desligou o carro, ela se sentou no capô ainda quente. O cliente foi até ela e a pegou pela cintura, tentando beijá-la, Não, não, querido, ela disse e virou o rosto. Ele a puxou por uma mão e abriu a porta da suíte com a outra *Todas se juntaram pra esfaquear ela, como uma rebelião, pronto, a palavra é essa: como se fosse na cadeia. Elas se juntaram com a Vanessa na época, que era nova na avenida, tinha meses que ela 'tava no esquema. A língua rolou peluda, fez a caveira da Diaba pra todas, menos pra mim, pra July, Rivalda, Cassandra e Gilda, porque não era burra, essas eram as que mais 'tavam com a Diaba, quem a Diaba mais cuidava e mostrava que cuidava, como se tivesse um tipo de carinho. Só que as que ela falou, as que ela fez ejó, como a gente diz, nenhuma caguetou. Nenhuma delas. Eu fico pensando até hoje o que foi que*

*essa bicha falou pra elas que foi forte mesmo pra fazer elas
perder o medo da Diaba. Até podia dizer para tu ires atrás
mas já morreu. A grande maioria delas morreu. Uma noite
nós 'tava trabalhando e a Diaba ali, olhando, averiguando,
andando pra lá e pra cá como general, indo no acostamento
quando chegava um conhecido. As meninas que 'tavam de
rebelião começaram a negar todo cliente que parava, todo
cliente, porque a Vanessa queria chamar o anjo da Diaba.
Dito e feito. Não demorou muito, não. Ela veio,* Que que
'tá acontecendo? Qual é, viado, que tu não queres trabalhar? 'Tais variada, bicha? Tomou? *E a Vanessa peitou ela,
topetuda,* Porque nós não quer, *a Vanessa disse. Nessa hora
juntaram todas as bichas. A Diaba 'tava possessa, cega, ela
nem viu o cerco que engrossava ao redor dela e, quando eu
e a July viu o que 'tava acontecendo, a gente correu pra ver.
A gente chegou perto e já pescamos algumas tirando faca da
bolsa, navalha de barbeiro da calcinha. Eu logo puxei a
Diaba pelo braço tentando trazer ela pra realidade. Foi
quando a primeira deu uma talagada que pegou no ombro
dela* O cliente a penetrava na cama, em oposto ao espelho,
assim ela conseguia se perder sem peso. Seu membro não
interessava a ele, não fazia diferença Andrea pensar na
boca de Juma, no batom cintilante borrado, no olhar dela
sobre o chão, no cigarro pendurado no dedo, na testa
tensionada ao lembrar da Diaba. Não que não conhecia a
história, ela sabia dos principais pontos de tanto ouvir
mãe Lara a repetir em cafés da manhã, em ageum de festa,
em madrugadas de conversa. Antes de recolher, Andrea
ouviu e depois do panã ouviu com mais detalhes. Andrea
saiu do Águas de Prata com a história da travesti dentro

do peito. A história da travesti que foi dona de boca e bateu de frente com os homens e da qual ninguém mais falava sobre. Em Enseada Andrea não conheceu a avó que foi buscar, nem a encontrou. Apenas conheceu essas mulheres, Iemanjá, seu orixá; mãe Lara, sua ialorixá; Titânia, seu mito. Porém, ainda fica bambo, pendurado, um porque muito lancinante, um porque se apegou à história de uma travesti tanto tempo antes de ela mesma transicionar *Como eu conheci a Diaba? Foi quando fui na Avenida pedir permissão pra trabalhar. Era novinha, eu. Dezenove anos. O ano, acho, era 1997. Cheguei na Atlântico logo na hora que todas as meninas 'tavam lá, assim era certo de ela estar também. E 'tava. Fui até a curva que era onde era o posto da general, o lugar onde ela tinha mais visão. E visão de tudo o que 'tava acontecendo, quem batia porta, quem 'tava sem axé, quem 'tava de intenção. Então eu cheguei lá, magrinha, um viadinho de tudo, era um viadinho de vestido, peruca e perna depilada, só não tinha chuchu porque nunca tive muito pelo no corpo, cheguei com a cabeça não muito alta porque a fama dela era maior, era, como diz, competente... condizente, isso. Pois era, a fama era condizente ao que a gente via, uma negona de dois metros, toda bombada, cicatriz de faca e navalha, trança na bunda, unha feito garra de gato, afiada, porque ela passava casco de cavalo e depois afiava, afiava, afiava, porque também era arma de guerra. É, eu cheguei, como falei, um viadinho de roupa de mulher. Ela 'tava rodeada de bicha, umas cinco ou seis. Cheguei perto e falei que queria falar com ela, e disse o nome, mesmo sabendo qual delas era ela, porque todo mundo sabia, ela sempre foi famosa nos morros. Ela falou*

*assim, 'Tais enxergando, não, viado?, e pediu pra eu me
achegar mais. Lembro que nessa hora eu senti o perfume
forte, perfume de macumbeira, bem doce, quase um incenso.
E os olhos, vermelhos onde era pra ser branco* Ele a virou
para o espelho e Andrea precisou engolir a própria personalidade para encarar o reflexo com os olhos dele. Fez
cara de prazer, como se o cliente fosse o último homem
do mundo. Qualquer expressão que o fizesse esquecer
seus traços ainda muito masculinos *O que ela vestia? Ela
'tava fumando um cigarro, de saia curta e uma blusinha
solta de alcinha que só cobria os peitos gigantes, e tamancas.
De perna cruzada numa mureta alta que dividia o asfalto
do mato. Atrás de mim só ouvia os barulhos das motos e das
portas de carro batendo. A Diaba cuidava de muita bicha,
e a maioria delas atendia. Ela perguntou o que que eu
queria ali e eu disse que queria trabalhar e que então tinha
vindo pedir permissão. Primeiro, ela riu, olhou pra mim de
cima a baixo rindo junto das outras. Mas eu sempre fui meio
abusadinha e falei* Posso não 'tá feminina agora mas
homem basta ver uma peruca que ele imagina a mulher
que quiser, com o tempo eu turbino, *e ela parou de rir,
puxou o cigarro e falou* E tu acha que minhas matuta quer
concorrência, viado, e não vais achando que uma bichinha
assim, xibunguinha, bate porta. Tem que bombar, viado,
tem que *parecer* uma mulher, entendes? *e eu, abusada de
novo, falei* Como vai ter concorrência comigo feia assim,
então? *E sei que foi nesse momento que a Diaba gostou de
mim. Ela se levantou e quase mostrei que me assustei, ela
era um bicho perto de mim, eu novinha, atarracada. Pensei,
é agora que vem meu doce. Até apertei o músculo me pre-*

*parando para a hora que ela ou uma delas me agarrasse –
nesse momento a renca de travesti ao redor da gente dobrou.
Mas ela não me bateu, começou a falar bem assim* Então
'tá, viado, pode começar até hoje se quiseres, mas eu preciso saber se tu vales a pena pra mim, pois vou ter que
cuidar da sua segurança, problemas com os clientes sou
eu que resolvo, por isso todas as meninas pagam trinta
arô por noite pra mim, mas pra te aceitar preciso saber se
tu trabalhas bem, *então ela abriu a saia e abaixou até o
joelho, abaixou a calcinha e desaquendou aquela neca
enorme. E eu tive que mostrar que trabalhava bem*

Andrea não viu o cliente terminar seu ato, ela abaixou a cabeça e apenas percebeu porque sentiu uma tremedeira nas costas das coxas. Continuou a atuar, se livrou dele e expôs uma expressão calma, feliz. Desvencilhados, eles encostaram na cabeceira e ela sorriu. Ele a olhou, pegou uma mecha de sua peruca e colocou atrás da orelha. Você é novata ali, ele perguntou e ela mentiu dizendo, Sim, porque ela cumpria avenida há alguns meses àquela altura, não daria para afirmar ser novata, já havia se acostumado. Porém não se eximiu de entender o que ele quis dizer. A palavra novata se referia à peruca de cabelo sintético, à falta de seios, ao queixo quadrado. Andrea também o olhou, percebeu o que não havia visto dentro do carro ou na penumbra da garagem da suíte, a sobrancelha espessa, olhar reto, molhado, a pele forte, cor de cobre, os braços compridos, as tatuagens, uma indígena com cara de europeia em uma costela, o nome *Glória* na outra, *1533* no peitoral. Ele parou, olhou e sorriu como moleque, como homens agem às vezes quando próximos de mulheres, como com uma dominação tão silenciosa que quase não surge, pois parece carinho. Vou tomar uma ducha, disse e se levantou, colocou a cueca, pegou uma das toalhas do motel e entrou no banheiro.

Sem dar questão de estar vestida com apenas uma peruca, Andrea foi até sua bolsa, a bolsa que queima seu filme, bolsa de mãe, bolsa de madama, não de puta, isso tudo elas diziam, mas não era por ser maternal ou não ter senso do estilo das putas, é por documentos, sulfites e sulfites em pastas com os depoimentos transcritos, documentos que ainda não havia terminado a revisão. Tirou do fundo a pasta de Juma e Windson, arrancou uma caneta, sentou-se na cama e abriu com pressa o maço de papéis. Começou a procurar a página da memória que via, a boca, o batom cintilante, a boca com batom cintilante se mexendo pouco, com sons e palavras contidas, boca telhada com uma sombra de buço, boca grande e herdada da genética de sua mãe, porque Juma contaria em algum momento sobre sua mãe, porque a Diaba não poderia ser a única mulher exemplar e a única na qual se debruçaria, mesmo parecendo (e tudo que ela contou corrobora, pensou Andrea) que colocou a Diaba como figura a se seguir, como uma mãe *Ela nasceu bem, mas não falo de dinheiro, falo de família, falo de proteção, de seio familiar. E com toda a dificuldade ainda teve amor. Se ela foi sincera nas vezes que me contou de quando era criança e adolescente, sim, a Diaba teve bom início de vida. Apesar que eu acho que a primeira transfobia que uma travesti e uma trans sofre é no momento que o médico mostra e confirma pra nossa mãe que no bebê tem um pênis. Não é melhor só falar "olha, tem um bebê saudável", "mas, doutor, qual o sexo do bebê", "eu disse saudável".*

Eu acho que a Diaba nasceu em 1971, porque eu sei que ela morreu com trinta anos, então se fizer as contas chega em 71. O pai dela se chamava Tito e sua mãe se chamava Tânia, por isso o nome, mas já falei que o nome eu não falo mais, pra não chamar o anjo. Ela achava que era muito igual aos dois ao mesmo tempo, que era o que dizia, tinha muito do Tito e muito da Tânia, então fez seu nome juntando o nome dos dois. O pai dela, o Tito, foi diácono da Assembleia de Deus dos Últimos Dias por muitos anos e morreu sendo da igreja. E aí que está, aqueles costumes, severos, horríveis, eram empurrados dentro de casa. Ela me dizia Juma, eu me cresci numa casa vedada *pois a ela e à mãe era empurrado todo o manual de conduta da igreja. Tânia parou de cortar o cabelo e alisou ele, a Diaba, um rapazinho ainda, tinha que se vestir igual o pai, sempre camisa social, calça social. Roupa "do mundo", só se for da porta pra dentro, trancado, e lendo a bíblia. Foi pra rua? Camisa social, sapato, calça de tecido quente, isso nessa Enseada, onde mito é dia frio. Tânia, a mãe, também, só podia usar chinelo se fosse dentro de casa. Não podia usar brinco, não podia usar maquiagem, não podia usar perfume. Tudo isso a Diaba contava. Nunca teve televisão em casa, nem livro, nem videogame, até porque eram muito pobres, não podiam muito, e moradores ali do Parque Oroguendá, que foi onde tudo aconteceu trinta anos depois. E até penso se não foi uma vingança contra essa educação do pai que fez a Diaba tomar aquele bairro, porque eu criei isso depois de que tudo passou, uma mania de tentar entender o que fez ela virar uma bandida, porque uns dizem que é por causa daquele dia, nos setenta anos do pai de santo dela, quando ela sofreu preconceito, mas também dizem que foi porque ela e Quitungo foram caso e tinha uma questão romântica, eu acho que foi sim, por causa do dia da festa do pai de santo, mas também porque quis ser cafetina e não conseguiu e porque teve uma criação*

regrada na igreja, pois se não, por que ela tomou o Parque
Oroguendá? Se não tinha a ver com a família, por que lá?

A questão é o que a Diaba me falaria anos depois, já
puta e dona de puta, que ela cresceu sem uma referência
feminina, que procurava as mulheres da rua, a pombagira,
as vizinhas, as mulheres nas propagandas. E é verdade, ela
cresceu num mundo seco, sem cor. O Tito, o pai, se converteu
muito novo ainda, ouvi que com catorze anos já era conver-
tido, cresceu sendo levita e depois virou diácono. Depois que
a Tânia morreu que ficou pior pra Diaba e ela tinha essa
mesma idade de quando o pai se converteu, catorze anos,
quinze anos, como se fosse para espelhar o pai a vida inteira,
ele se converteu e ela – a Tânia – também, não que já não
tinha sido batizada, mas não era ligada em igreja, ela era da
macumba, escondido, era no que ela acreditava de verdade.
Foi assim, quando a Diaba era muito pequena ela teve um
problema de pele muito sério, ela devia ter três ou quatro
anos. O pai e a mãe dela, imagino, deviam 'tá no auge do
casamento, a filha – filho, na época – pequena, o auge do caminho do Tito na igreja. Deve ter sido um desespero, porque
a Diaba dizia que Tânia tentou de tudo, até arrumou um
bom arô emprestado e levou ela em um médico do centro de
Cidadela. Mas ela não melhorou, não apresentou melhora
nenhuma, ela piorou, as manchas viraram cracas e começou
a sair sangue em algumas das feridas. Ela disse que foi uma
coisa muito feia, mesmo que não lembrava muito. O pai era
tão compromissado com a igreja que a Tânia teve que lidar
com a maior parte desse problema sozinha. A Diaba contava
que nessa época ele era missionário e que sua dedicação,
ela dizia, era divina, porque ele não parava enquanto não

conseguisse o que queria. Se o compromisso da vez era ser missionário, ele não ia sossegar enquanto não convertesse um, dois nego e levasse orgulhoso na igreja. E eu sei que ele talvez tenha sido assim mesmo porque a filha dele era assim, teimosa, rancorosa, vingativa, compromissada com o que fosse que ela quisesse. O pai, o Tito, então, se preocupou, claro, com a doença da criança, mas não deixou também de cuidar do que queria. Sobrou pra Tânia, a mãe, passar a pomada, dar o comprimido, ficar com o menino e não deixar ele mexer nas feridas. Ficou assim até piorar demais, a Diaba me contou que a mãe dela contou que ela berrava, berrava de dor. Mas ela – a Tânia – tinha uma carta boa na manga. A Diaba contou que, antes de ela nascer ou da mãe se juntar com o pai, a mãe não era nem crente nem nada antes de tudo, que Tânia tinha como traço de personalidade ir pros bailes, até porque ela viveu a ferveção da construção desse morro, quando realmente tudo isso era mato e tinha só umas casinhas aqui e ali. Começou porque um dia ela foi no terreiro. A Diaba me contou que a mãe tinha uma amiga, uma melhor amiga, que frequentou a casa dela até um pouco antes de ela casar, porque depois o Tito ia proibir a Tânia de ter amizade com quem não fosse da igreja, e que essa amiga levou a Tânia no terreiro uma noite. A própria contou pra Diaba e a Diaba depois contou pra gente e quase todos da Firma sabiam também. A tal amiga levou Tânia para falar com a pombagira porque ela não arrumava compromisso, não conseguia segurar relacionamento [Sabia de ouvido de um monte deles ali na favela, até um famoso ali do lado, no Parque Oroguendá, mas nunca passou perto. Até Cida convidar ela numa sexta-feira de julho, argumentando não suportar mais seu azar e seus reclames amorosos. *"Só lá para resolver, euzinha já vi dona Menina fazer cada coisa."* Ela suspendeu o copo de café na altura da cara. *"Tu 'tais é variada, Cida. Ir em macumba, essa hora da vida? Tenho é medo. Dizem que isso é o diabo",* a outra cruzou os braços e puxou o cigarro, falou desafogada, *"E se o diabo te dar um grande amor?",* Aí eu vou pro inferno, mermã, Escolhas, mermã, escolhas. Falaram baixo, como duas meninas. *"Tu queres ou não queres ser amada de uma vez por todas? Se decida com tu aí, que a gira é hoje, loguinho, depois das seis", Gira, que é isso, gira?, "A sessão, mulher. Vá, se apronte. E bem bonita, que dona Menina não suporta mulher mal-arrumada. E ela fala mesmo."], que se não durasse, o homem era um lixo e não durava por isso. Mas a pombagira prometeu, prometeu um homem pra Tânia e que com ele teria uma filha. Pouco depois conheceu o Tito em uma conversa no ponto de ônibus em um dia confuso, sabes, aqueles dias confusos que parece que ônibus, trem, as coisas da cidade não estão funcionando? Não que tinha trem nesse tempo, claro que não tinha, era só uma linha de ônibus e o ônibus devia ser velho, sei que é uma só que tinha porque minha mãe, que viveu esse tempo, me contou várias vezes, que se pegava lá no ponto de ônibus do Barrão, tinha que descer o morro inteiro. Sim, se conheceram de uma forma, como diz, à toa. Tânia entendeu que era o presente da pombagira quando estava levando mala de roupa para uma casa que alugaram junto. Ele, missionário e pedreiro, ela, manicure e ascensorista. Ela nunca mais voltou no terreiro depois que se apaixonou pelo Tito. Não voltou pra agradecer e não deu uma rosa pra pombagira. Imagino que deve ter guardado isso por anos dentro do peito, mas não fez nada pelo que a Diaba contava. Porque ela foi viver vida de igreja, porque não deve ter demorado e o Tito deve ter começado com aquele equê de crente de que só se relaciona com quem é da igreja ou através da conversão mesmo, que é como fazem, levou ela pelos cantos, foi comendo a cabeça, e não só a cabeça, porque o menino nasceu antes de eles casarem. Isso a Diaba afirmava bem, como se quisesse dizer que essa era a parte mais verdadeira da verdade.*

Casaram porque geraram uma semente de Deus. Àquela altura o Tito não tinha apresentado família, só quando Tânia engravidou que ela foi conhecer a sogra e o sogro e a cunhada e o cunhado, até os sobrinhos conheceu, seus novos sobrinhos. A Diaba contava que sua mãe era muito calma, que era difícil criar caso com qualquer coisa, até um ataque, mas que isso era por ser reprimida, não recatada, ou passiva, que foi como a Tânia ia contar anos depois, pro filhinho afeminado, dentro do terreiro, que era mais feliz quando era ela mesma, pois trabalhava e ia pros bailes com as amigas de escola, não fazia nada demais. Ela, então, como diz, se escondeu dentro dela mesma. Por isso a Diaba dizia que tinha uma intuição que, se a sua mãe tivesse ficado viva para ver sua transição, ela teria entendido o que é viver escondido de ti mesmo.

Ela criou o menino muito bem e o Tito criou o filho muito bem do jeito dele, de longe, dando a comida, dando o travesseiro pra deitar a cabeça, a meia, a fralda. Quando o filho ficou doente que a Tânia deve ter vivido um embate do que ela foi com o que ela 'tava sendo, porque ela teve que se virar sozinha, correu com esse menino pra cima e pra baixo. Quando ela viu que os remédios que foram passados não funcionavam, correu para fé, ela, a Tânia. Levou em benzedeira, levou na igreja, mas nada adiantava, a pele do filho 'tava pipocada. Tânia tentou a última opção que tinha. Lembrou do terreiro – deve ter lembrado, ou deve ter colocado em primeiro lugar porque também dá pra se imaginar que ela pensou nesse terreiro a vida toda, o casamento inteiro, e nunca deixou de pensar. E levou. O pai de santo jogou os búzios e disse que aquela criança tinha que iniciar santo pra se salvar. A Diaba contava que a mãe contava que se viu em uma encruzilhada, porque ela se viu entre o filho e o marido, que por mais que amasse o marido, amava mais o filho, mas a essa altura já era dependente do Tito porque tinha saído do trabalho porque ele pediu. Imagino que Tânia deve ter ficado aflitíssima, pensa, tu 'tais com teu filho doente e a religião mais odiada por teu marido é a que quer salvar o menino. Mas ela foi, ela deu um jeito. Porque quando criança, não sei a idade certa, a Diaba iniciou santo. A sorte, ou o santo ajudando, foi que o Tito viajou pro Sul e ela conseguiu fazer a tal iniciação, porque demora, é uma coisa que demora, não dá para iniciar santo do dia pra noite. Se a doença foi embora? Foi, pior que a doença sumiu e nunca mais apareceu. Isso fez Tânia participar do terreiro escondida – eu conheço o lugar, porque fui uma vez lá. Ela ia de semana porque no fim de semana 'tava na igreja com o Tito. E o filho crescendo nesse lá e cá. Mas, como a Diaba contou, o filho já era uma filhinha, agia como menina e só ficava com as meninas na macumba. A Tânia deve ter percebido alguma coisa, porque deixava, nunca recriminou, a Diaba nunca mencionou memória nenhuma dizendo que a mãe era ruim ou que ela brecou a Diaba alguma vez. Isso realmente ela nunca contou, então dá pra imaginar que, se a Tânia sabia, ela não, como diz, recriminou.

Como conheci o terreiro? Fui lá uma vez e foi um dia horrível, não só pra mim, pros meninos que 'tavam com a gente, mas principalmente pra Diaba. Foi uma festa, uma festa importante, era aniversário do pai de santo. Aniversário de santo, que é como eles dizem. A Diaba me convidou dois dias antes, em uma sexta-feira, eu lembro como hoje. A gente 'tava no Baile do Vodú, era a primeira vez que fazia Baile do Vodú desde a última guerra, quando Quitungo terminou de limpar o morro dos traficantes menores. Quitungo, o dono do morro dessa época, o chefe. Tanta coisa, porque nesse tempo, não sei, parece que a vida fez com que tudo acontecesse do jeito que aconteceu. Nessa noite encontramos todos, o bofe que a Diaba mais amou, que a gente chamava Pardal – ele era do tal terreiro. Também Pedro, que a gente chamava Pombo, ele também era do tal terreiro e, se eu não me engano, num patamar maior que o do Pardal, até da Diaba, e o namorado dele, o Windson, que conhecemos naquele dia, pra marcar. O Lombra, que a gente chamava Rima também, 'tava com o Pombo pra cima e pra baixo e os dois eram vapor numa boca de Quitungo, andavam muito juntos. O Cadú, que também conhecemos nesse dia e que depois a gente ia chamar Cajú, como o Pombo e o Rima, que eram os amigos de infância, chamavam ele. E ainda de quebra apareceu do nada um magrelo que chamava Lucas Rafael, mas que os meninos chamavam Tripa, mas ele nem foi tão importante esse dia. Os meninos vieram lá de baixo, 'tavam em um bar e a gente 'tava em outro, só que eles subiram junto com os quitungos e o próprio também, em pessoa; o baile inteiro olhou, não tinha como não olhar, era um afronte. Quem criou o Baile do Vodú foi o Vodú, o Venâncio, que era um traficante livre, ou seja, um inimigo do Quitungo, porque ele nunca deixou traficante se crescer, quanto mais um que se sustentasse sozinho, mas o Quitungo não podia mexer com ele sem pensar, o Venâncio era do terreiro velho lá do Topão e o Quitungo tinha respeito pelo terreiro mais velho, isso era coisa dele. Ah, tu és de lá, então tu conheces a figura. Se tu sabes quem ele foi, menino, então sabes o afronte que foi Quitungo e os quitungos dele desfilarem naquele baile. Mas eles fizeram, eles desfilaram. E Pombo, Windson, Rima e Cajú com eles.

Muita coisa. Foi a primeira vez que vimos o tal bofe do Pombo. Quando eu e a Diaba vimos que era pra eles que todo mundo 'tava olhando e que eles 'tavam vindo até a gente o que comentamos foi sobre o bofe do Pombo, Eu sabia que era uma chuchinha, *a Diaba disse,* E é, não 'tou enxergando bem. *De longe eu via, o Pombo branquíssimo, e o menino, mais baixo, mais moreno, de boné e camisa como ele, porque nessa época, aqui em Enseada, o funk 'tava cada dia mais forte então os favelados daqui se vestiam como se estivessem nos anos setenta, iam pro baile de carro, até já vi colocarem as namoradas no capô e entrar na muvuca com o carro andando. Chegaram em bonde, como dizem. Vestidos como funkeiros, não como* **bandidos***, apesar que os* **bandidos** *se vestiam como os funkeiros e ainda deve ser assim. Eles cumprimentaram a gente, a Diaba e o Pombo se abraçaram. Eles se gostavam muito, foram fiéis um ao outro quase até o fim, e quando brigaram foi por causa da guerra.*

Eu vi o Quitungo a primeira vez aquele dia, e olha, ele era sim um homem bonito, quem demoniza não enxerga, até dá pra acreditar em quem disse que teve caso entre ele e a Diaba. Mas tive medo, um medo danado. A fama daquele homem era alta, então olhei no olho pra não me mostrar inferior, mas também não olhei demais. Ele, o Pombo e a Diaba começaram a falar do terreiro, que teria a tal festa, uma festa assim, assado, que o pai de santo velho 'tava comemorando anos. E me convidaram. Pombo, de primeiro, e depois a Diaba convidou também. O Quitungo disse que eu seria bem-vinda, olhando bem no meu olho.

Depois, não demorou muito, o Pardal apareceu. Não foi cumprimentando, nem chamou a atenção pra se achegar. Não, ele surgiu tacando o punho duro na fuça do macho que tentava dançar com a Diaba. Eles 'tavam brigados esse dia, o Pardal e a Diaba. Discutiram na casa dela antes de ela vir pro baile, ela me contou. Que enquanto eles se atracavam na cama, tudo bem, mil maravilhas, mas quando ela avisou aonde ia dali pras dez da noite, ele se tornou com um bicho, gritou e esberrou e proibiu. E isso mexia com ela, mexia muito. O Pardal foi o único homem que eu vi essa mulher amar de verdade, e isso é opinião minha, minha visão, do que eu vi, do que eu acho. Eu imagino que ela quase cedeu, porque quando contou, cena por cena, do que aconteceu pra mim naquela noite do baile, deu pra ver, deu sim, que ela ficou é molinha dizendo, contando, ela ficou com olho mel e quando o olho dela não 'tava preto e 'tava mel e o vermelho do branco sumia prum amarelo era porque ela 'tava calma e dava pra falar, mas com Pardal o mel era mais, nos olhos e na doçura. Achei estranho. Ela quase deve ter cedido, e ele deve ter falado e esbaforido como macho de mulher cis, macho de mulher de macho. Como? Mulher de malandro? É uma boa também, porque Pardal não deixava de ser um. Deve ter sido um arerê e ela deve ter ficado com uma parte do coração na mão, porque aquele homem foi o que enfrentou um bando de amigos homens pra cima dele porque ele queria namorar travesti, aquele homem que, depois de não sei quantos foras, ajoelhou com um buquê com umas florezinhas feias e machucadas e implorou pra ela e ela, que 'tava acostumada com homem se ajoelhar apenas para gravar a neca dela, não conseguia acreditar que homem podia ajoelhar na frente de uma travesti pra fazer outra coisa, como pedir pra namorar. Ela deve ter ficado mexida, mas a travestilidade, meu querido, é como cuidar de uma planta, precisa de um zelo, precisa da rega, do olhar, se não perde a beleza, a estrutura, a Diaba deve também ter ficado com uma outra parte do coração na mão com sua travestilidade, porque ela 'tava acostumada a ser fiel com ela mesma. E quem ganhou foi ela mesma, porque a Diaba foi pro baile. [Juma finge beber enquanto balança o quadril. Titânia não solta o ritmo, busca a carteira de cigarros na bolsinha. Não encontra. Juma, sem deixar de dançar, aponta a unha comprida. Titânia gruda o queixo no colo e encontra o maço preso pelo tomara que caia. Estende um cigarro a Juma e pega outro para si. Sorri. Dentes brancos, um canino com uma capa de prata] *Encontrou comigo e fomos juntas. Por isso o macho que 'tava querendo dançar com ela teve cara de pau. Achou que a Diaba 'tava sozinha. Assim, digo, sozinha de homem, que 'tava solteira. O Pardal viu o que 'tava acontecendo porque o sem-vergonha 'tava seguindo a gente o baile todo, talvez até desde quando a Diaba saiu de casa, a gente é que não viu ele, porque ele era magrinho, não era alto, se vestia às vezes como velho, mas tinha seu charme, ele tinha um ar, não sei dizer. Ele exalava, sabe? Não, não vimos ele. Só quando ele surgiu como se fosse um samurai, um ninja, do meio da muvuca e socou o homem mais alto que ele ao som de algum rap, Rap da Felicidade, Rap do Rastafary, Rap do Catiri, acho que o Rap do Rastafary, se a lembrança não me for mentirosa. Eles se engalfinharam no chão, rolaram na guia, sujaram as roupas, o Pardal levou soco também. Até que o Quitungo, sem dizer nada, só andou até eles pra que eles vissem quem era que tinha chegado e parassem na hora, como se fossem cachorros. Pombo e Rima chisparam o bofe, Pardal se juntou com a namorada – mais tarde nessa noite que a Diaba ia ver o macho dela agindo como namorado na frente de todos, lembrando que ele, o Pombo, a Diaba e o Quitungo eram do mesmo terreiro e no terreiro, parece, ninguém sabia. O terreiro lá que curou a Diaba, que Tânia conheceu a pombagira.*

Depois foi a tal da função. Quitungo avisou, não sei se para o Pombo, não sei se para o Lombra, que tinha uma função pra eles cumprirem, e deve ter dito quem ele queria que fosse porque o Pombo e o Lombra chegaram e falaram nossos nomes, o Pardal, a Diaba e eu – lembro que um pouco antes disso Tripa, o cliente, um menino novinho de tudo, eu não daria mais de dezesseis anos pra aquele menino, ele veio e chamou o Lombra de canto, pelo o que eu vi, do jeito que se portava, queria droga e deve ter achado que os vapor da boca em que ele gostava de comprar levavam estoque pra baile como se eles só fossem isso, mais nada. Nunca gostei desse Tripa. Fomos de moto e alguns a pé. Subimos o morro, fomos até o Parque Oroguendá, em um campado baldio, escuro, com um poste só, amarelão. A função na verdade era um baile só nosso. Quitungo tinha sumido quando todos se encontraram, mas não demorou e apareceu de carro, um opala verde folha que era conhecido pela favela. Ele abriu o porta malas e tirou drogas e bebida. Aparelhou o somzão que tinha no carro. Alegou que o pai dele ia fazer aniversário de santo, que era pra comemorar. E a Diaba, o Pombo, o Pardal e os bofes quitungos concordaram muito. Enquanto os outros todos, o Cajú, eu, o Lombra e o Windson, a gente só se deixou ir, sem entender direito o que era aquilo de idade de santo, só com uma suspeita do que seria porque a gente era favelado e favelado é acostumado com macumba. E assim fez dois bondes. No meio do campado, debaixo da luz do poste, colocamos alguns pneus que 'tavam lá largados para ficar eu, a Diaba, o macho dela e o Cajú conversando e bebendo e fumando. Do outro lado, debaixo das árvores, mais longe da luz, ficou o Quitungo, os quitungos dele e o Pombo e o Windson, também trocando papo. O Pombo devia estar desconfortável, pois não parava de olhar pra cá e algo acontecia também com o Quitungo e os quitungos dele pois não paravam de olhar pra mim. Porque é isso que a gente faz, a gente é animal, a gente não deixou de ser mais nada que animais, com a cachaça e a droga no couro então. Lei da Selva. Naquele campado tinha mensagens, mensagens que ninguém via mas que todos queriam que todos vissem. Cada um ali queria alguma coisa. O Pombo talvez quisesse provar alguma coisa, mas quase não tocava no namorado, ficavam um do lado do outro como se fossem amigos e dava pra ver que o Windson, que por mais que tivesse vestido como machinho, 'tava ferido, 'tava recuado, era uma andorinha, logo o desejo dele era que Pombo assumisse ele de verdade, igual o Pardal 'tava fazendo com a Diaba, pegando na cintura dela, dando beijinho na boca dela. Eu não reconhecia ela, eu lembro que eu olhava e ficava estranha, uma sensação de que ela era outra pessoa ou que a pessoa que ela 'tava sendo era a pessoa de verdade que ela era, eu fiquei confusa, porque olhava e lembrava dos anos de avenida que mostravam a pessoa que eu conhecia, que era uma carrasca dominadora e controladora, sempre de olho em tudo, a Diaba sempre olhou nas alturas, como se andasse na ponta do pé, ela não era aquela travesti que parecia ter quinze anos, aquela novata, sem peito, no hormônio ainda, que fica mole com o primeiro macho que diz palavras bonitinhas pra ela. Tudo bem que ela não 'tava mais na avenida, depois da rebelião ela saiu, alugou uma casa no Parque Oroguendá e começou, assim, modo de dizer, a atender em casa, porque a verdade é que ela não conseguia muita coisa, como já falei, a Diaba não tinha muito axé pra isso. Quem ficou com ela no fim fui eu e mais algumas, mas mais eu. Por isso eu 'tava ali e por isso eu 'tava confusa olhando aquela Diaba fechar o olho com uma cheirada no cangote. Nem a cachaça conseguia me tirar a atenção daquilo. Então, eu desejei, desejei ter aquilo também, a primeira vez na minha vida. Porque nunca quis, eu nunca quis um macho pra casar, nunca tinha tido essa fantasia. Porém, naquela noite tive sim e pensei que, depois do baile eu ia atender, noutro ponto, mas ia, a vida não tinha parado pra mim, o que tinha apenas parado até arrumar de novo era o ponto da Atlântico, e de fato, não demorou e outra travesti, não a Vanessa, a rebelde, uma outra, começou a dominar ali, mas de um jeito mais brando do jeito da Diaba, depois me contaram. Sim, eu ia trabalhar naquela noite ainda, mas decidi que eu poderia trabalhar mais cedo. Então, deixei aqueles machos me olharem, e comecei a olhar também.

Não sei quais as vontades dos outros. Fui conhecer o Lombra e o Cajú melhor só um tempo depois, algumas semanas depois, na verdade. Mas dá pra se ter uma noção. Porque assim que todos nós 'tava bêbado, visivelmente, a interação deu corda de verdade. Nesse intervalo, três pessoas surgiram ali. Primeiro passaram duas meninas, novas, da idade de Lombra e Pombo, uma delas caindo de cachaça ou sei lá o quê. Deviam morar ali e 'tavam cortando caminho pelo campado, mas Pombo reconheceu uma delas. Com desconforto, que eu lembro da cara dele, mas reconheceu. Depois eu fui entender a novela. A menina que ele reconheceu chamava – chama, porque eu acho que não morreu, para mim ela 'tá é por aí, vivíssima – Kesley, esse o nome dela, ou Pocahontas, Índia, e outros apelidos. Essa menina tinha um filho com Pombo, olha a novela. Um filho pequeno, tinha um pouco mais de um ano, acho, porque eu nunca vi, só falo o que a Diaba me contou. Só que é que era isso e ele ficou desconfortável, porque o Windson não sabia e talvez também a Kesley não sabia que o Pombo agora 'tava de caso com outro homem ou desconfiava e não acreditava, ela teve quase a mesma reação que o Pombo. A outra, que era prima da Kesley, quase não viu ninguém. Essa 'tava ruim, eu digo. Ela 'tava sendo arrastada pela Kesley praticamente, curva-

da e apavorada, como se fosse desmaiar. Pombo perguntou o que pegava que ela 'tava assim e Kesley falou que elas 'tavam no baile e que a prima tinha bebido demais e que agora 'tava levando ela pra casa dela – da Kesley – pra dar um banho nela e fazer ela deitar. Mas pareceu, não só pra mim quanto pro Pombo ou pra outro que 'tava no momento e olhando pra ela – a Kesley – assim, bem iluminada, debaixo do poste, de um jeito que a gente conseguia enxergar com nitidez cada expressão do rosto dela, que ela ficou com vontade de ficar com a gente ali, que meio que, pela cara mesmo, ela tinha desistido de levar a prima pra casa dela, como que quisesse ficar não só pra beber como pra ver como o pai do filho dela ia agir com ela com o namorado dele ali, ou até ela queria ficar pra incomodar sabendo que seria um incômodo pro Pedro ter a presença dela com a gente e com o Windson ali do lado. Porém, eu 'tava bêbada, e olhando os três homens que me olhavam – porque eles não iam olhar a Diaba com o Pardal ali e do jeito de namorados que eles 'tavam –, os três, o Quitungo, o tal Agué e o outro que depois fui saber ter o vulgo de Farda. Que que eu fiz, peguei a menina, disse que ia cuidar dela pra Kesley e, na frente dos homens, de um jeito que eles me vissem toda, levei a menina até a beira do rio, fiz ela vomitar, lavei o rosto dela, a frente do cabelo, joguei água no colo, ela vomitou mais um pouco e bebeu água do rio, isso enquanto eu estava bem empinada para eles, com a beira do vestido levantando. Ficou nova. Voltamos e ela já 'tava andando em pé, cabeça erguida, sem enjoo. Nessa altura, Kesley, que também conhecia o Lombra de longa data, ficou conversando com ele bem alegre, ela ficou, do nada, bem alegre. Isso sem ter cumprimentado Windson ainda e sem ter trocado uma palavra com ele. Aliás, ele e o Pombo 'tavam junto dos quitungos de novo. Bem, um tempinho depois, outra figura. Como se ele tivesse saído do mato, o Tripa, o cliente, apareceu e foi direto falar com o Lombra. Era um sem-vergonha viciado, porque todo mundo catou que ele tinha seguido a gente que tinha subido o morro a pé, como espião ou um coxa. O Lombra ficou bravo e era muito difícil ver esse menino bravo, ele sempre foi o mais alegre, o mais otimista também. Nos momentos piores do que a gente fez depois foi ele que falou as melhores palavras, que tudo ia dar certo. Não merecia morrer do jeito que morreu. Lei da selva. Ele ficou bravo, ficou bravo com o tal Tripa, porque, claro, o Quitungo bem ali do lado, o chefe do chefe, o cara que mandava nesse morro todo, podia achar que Lombra tinha combinado com o cliente pra ele encostar e ele vender a droga. E o Quitungo não gostou, quando esse matuto chegou e falou com o Lombra logo ele chamou, Psiu, e Lombra teve que desenrolar. Não sei o que ele falou porque fiquei longe, só assistindo, mas o que deu é que o Quitungo deixou o tal Tripa ficar ali.

E foi, droga e cachaça, música, e Kesley mangando a prima e a prima mangando ela, o Lombra e Cajú rindo para cima, Pombo e Windson um mais colado com o outro, alguns dedos quase se alcançando que eu vi. A Diaba e o macho dela de agarra-agarra como 'tavam desde que a gente tinha chegado no campado. Eu fui até os quitungos. Fiquei com eles e não demorou pra eu descobrir que os três queriam programa comigo e eu aceitei. O Quitungo, que era o mais bonito deles, com certeza, disse que nunca chamaria a Diaba por ela ser irmã dele, isso sem eu perguntar, porque *eu 'tava satisfeita. A lua era cheia, eu lembro como hoje, redonda e branca, branquinha igual neve, alta no céu e fazendo uma luz como se fosse uma lâmpada. O calor era o calor das noites de Enseada, como sempre é e será, mas não sei, era uma noite diferente, era mais bonita que o normal, o céu 'tava muito limpo, não sei se porque era o ano 2000 e não tinha tanta poluição como hoje, não sei, mas que 'tava um dos céus mais bonitos que eu tinha visto aqui, e olha que todos ali nasceram aqui e a maioria comentou naquela noite Que céu bonito da bicheira. Eu via, enquanto me agarrava com os* **bandidos**, *a interação dos outros, quase todos eles rindo, um da piada do outro, e tomando um da cerveja do outro e fumando um da maconha do outro. E Quitungo, que 'tava balangando já, foi até o carro dele e de onde ele tirou cachaça e cerveja ele tirou armas, uma grande que parecia um fuzil, e tinha as pistolas também. E todos eles foram até o carro pra ver enquanto eu era agarrada pelo Agué e o Farda, um de cada lado, um em cada canto do meu corpo, sem interagirem entre eles, como animais em cima da presa. Lei da selva. O que fizeram? Eles se descarregaram, até eu fui depois de atiçar meus clientes. Foram para a beirada do campado, onde um pouco descia e tinha o rio, e começaram a se revezar nos tiros. Muita coisa se desenhou nessa hora, como falei, parecia que a vida 'tava planejando o que ia acontecer depois. Aquele momento de descarrego, de poder, juntou a gente de vez, juntou como um bonde de vez, mais do que a Maria Faceira ia fazer depois, porque as desavenças ou os desníveis ficaram de lado, todos podiam pegar a arma se quisessem e como todo mundo pegou então todos queriam o mesmo, pra se unir, pra não ser diferente do outro, pra*

poder mostrar algo um pro outro. Ou não é? E desenhou,
porque nessa hora a gente viu que o Pombo atirava muito
bem mas que o Windson atirava melhor e ficou um clima
de "como ele sabe atirar assim?". Mal sabíamos. O Lombra
pegou a pistola e atirou também, e Cajú, porém mais seguro
que o Lombra – e mais tarde eu ia descobrir que ele veio
pra Enseada fugido, porque ele nasceu ali mas foi pro Rio
de Janeiro muito pequeno e agora grande tinha voltado
porque tinha matado um homem lá. O Pardal, os quitungos
e o chefe deles, e eu, a gente não atirou mal, porque foi meio
equilibrado. Eu mesma, que tenho um pouco de quizila com
arma, atirei pra sentir. E todos pegaram as pistolas e atira-
ram pouco, eu só um tiro, mas um seguro, sem balançar e o
Quitungo me elogiou, ele disse Foi bem firme, nêga, gostei.

Quem quis o fuzil foi ela. A gente 'tava atirando pro céu,
como só pra atirar mesmo, mas ela viu um alvo. A Diaba
pegou o fuzil e encaixou certinho como deve se encaixar e eu
sei disso porque o Quitungo, bêbado, soltou um comentário
Me foge da memória que tu eras soldado, *e andou até a*
beirada onde 'tava todo mundo e começou a descarregar o
pente na direção mais alta do céu. E essa é uma visão que eu
não esqueço mais na minha vida, porque foi quando eu revi
a Diaba que eu conhecia, com ódio, com o olhar de ódio que
só quem viu conhece, e vi, o olhar focado no céu, na lua, na
nuvem. Em Deus. Ela atirou com ódio, com nojo, com foco.
Como se quisesse eliminar não um outro, mas tudo, eliminar
a existência, a dela e a de tudo o que existisse. Ela queria
matar o Criador e o tudo que criou isso aqui.

Se depois ela ficou mais violenta? Sim, depois do apavo-
ro e que o Pardal foi morto, ah, ela ficou mais violenta que

os tempos de avenida. Foi como se eu tivesse me enganado, porque acreditei por um tempo que ela não voltaria a ser violenta e autoritária. Mas quando ela perdeu o macho, ela ficou doida e virou a Pombagira, como começaram a chamar ela, de uma vez. Esse bicho que tomou ela quando na noite do campado e ela atirava feito doida, que depois até o Quitungo ficou bravo e deu uma baixa nela dizendo que ela tinha descarregado todo o fuzil, esse bicho, depois que o Pardal foi morto, tomou ela de vez, e nunca mais saiu. Ela começou, seis meses depois – ela teve que se recuperar, e não só ela, todos ficaram machucados dentro e fora e o pau que ela tomou deixou ela na cama por um mês inteiro – do apavoro, do tribunal, a vender droga. Ela foi o satanás de esperta, não dá pra negar. Subiu até o terreiro velho lá em cima – o teu terreiro – e falou com Venâncio. Não sei o que ela falou que convenceu ele, mas ela conseguiu, dias depois foi chamada e se batizou no PCC. Isso ninguém diz, não é? Que a Diaba era travesti e batizada no PCC. Tudo bem que nenhum desses **bandidos,** *nas vezes que testemunhei ela falar com eles, chamava ela de irmã, era irmão, no masculino, mas ela não ligava, não, ela tinha conseguido o que queria, e a identidade, ela sendo da realidade que era, uma mulher trans negra e favelada, o dinheiro valeu bem mais que o respeito da identidade, ela não queria converter esses* **bandidos,** *ela queria usar eles. Pois ela conseguiu, e conseguiu patrocínio, de carga, de arma, até proteção e advogado se ela precisasse. Então, ela – ela não, mas vou explicar – chegou em mim, em Pombo, Windson, Pardal, em Lombra, em Cajú e em Kesley, dentro da casa dela e disse que era pra gente virar quadrilha de vez. O Pombo e o*

Lombra negaram de primeiro, porque eles teriam que rasgar a camisa dos quitungos e podiam morrer, mas o que – o que tomou ela, entrou dentro dela – falou ali tinha língua boa e perguntou aos outros, e Windson, que tinha negado, depois quis, e Kesley quis e Cajú, que também tinha negado, quis. E a língua boa disse que ia fazer dar certo e era verdade pois não morremos, nem fomos presos e ainda conseguimos o dinheiro e umas notícias nos jornais locais, isso depois que a gente fez alguma coisa de verdade, como tudo isso era difícil de ignorar a gente foi, os meninos, que de primeira disseram um não bem grande, também acabaram concordando e, acho, ficaram tentados a serem maiores do eles eram, que é o sonho de qualquer um que é pequeno.

E ela começou. Pegou o dinheiro e começou a descer na Atlântico, começou, na cara de pau, a oferecer grana, grana pesada, pr'aquelas novatas. Ela queria aquelas que ainda tinham um receio de ir pra prostituição. Ela chegava, oferecia um salário e treinamento – que ela mencionava depois, com a menina convencida – pra menina trabalhar pra ela na boca, ou nas bocas, porque ela queria mais de uma boca de fumo e realmente, depois ela conseguiu. Ela arrumou problema com a cafetina que 'tava mandando na Atlântico, que era mais respeitosa do que a Diaba tinha sido, mas que não deixou barato e enfrentou ela, peitou essa história de roubar as filhas dela e, bem, foi essa que tomou o primeiro doce da Pombagira, não morreu mas tomou um bom doce dentro da própria casa. E nesse furacão, muitas meninas aceitaram, assim como algumas bichas, não trans, viado mesmo, aceitaram, trazidos pelo Windson e pela Kesley. Os homens que entraram foram muito poucos *e os que vieram tinham que respeitar, mas depois que tudo cresceu a Diaba deu um jeito neles, se é que me entende. No fim, a Firma se formou com travesti, viado e mulher, muito parecido com que a finada Neguinha, no Morro do Pó, fazia. Neguinha era uma mulher lésbica, bem masculina, que desde novinha começou a vender droga como avião, depois vapor, foi também foguete e depois de uma briga feia com o pai, que também era* **bandido**, *mas um gerente, foi e abriu a própria boca e só aceitava mulher na quadrilha. Dizem que muitas mulheres que passaram pela Neguinha criaram seus filhos muito bem, no bom e no melhor. Com o tempo, vendo que ela era uma chefe de quadrilha, a Diaba foi se tornando autoritária. Como o Quitungo não podia mais invadir ou fechar as bocas dela porque se não ia arrumar briga com o PCC – o Quitungo era e sempre foi afiliado no CVE, no Comando Vermelho de Enseada, lá no Morro do Pó –, ainda que o PCC fosse novo aqui no Nordeste, tendo aqui, na Bahia e em Belém, acho, e fosse já motivo pra arerê e não fazer o PCC se criar, mas tinha também envolvimento dos terreiros. O Venâncio era tocador no terreiro velho e o terreiro do Quitungo descendia desse. Ele tinha que respeitar duas regras, a do crime e a do santo. Isso fez a Diaba crescer.*

Lei da selva. O que o tempo mostrou e contou. Esses vinte anos que passaram provam isso, porque parece, pelo menos pra mim parece, que com a Diaba morreu um mundo que não volta mais, o mundo da virada do milênio, o resti- nho do mundo velho, poeirento, que tinha naquela época. O que que tu pensas quando pensas em anos noventa, virada de milênio? Não te vem violência na cabeça? O Carandiru lá no Sul, o PCC, o Comando Vermelho, a Lei da Vadiagem que 'tava no restinho de existência, massacre, facção, assalto, várias palavras que iam começar a morar no boca a boca de todo dia? É isso, ou não é? A Diaba representa isso. Ela virou dona de uma biqueira no Parque Oroguendá, depois outra no Topão, com a deixa de Venâncio, depois outra e outra, e uma segunda no Parque Oroguendá e então os clientes começaram a ser a maioria os traficantes pequenos de Cidadela, um bando de menino branquelo filho de papai que comprava droga nas bocas dela para revender na cidade, porque se sentiam bem e não eram destratados como eram pelos homens, nas bocas do Quitungo, por exemplo. Ela cresceu. Não demorou e as bichas dela começaram a ser conhecidas e o morro se dividiu, no fim. Há muitos anos o morro era quase todo do Quitungo, porque ele enfrentou as guerras, ele enfrentou a polícia e tinha acordo com delegados e tinha advogado e tinha poder de mando e o controle do medo, pois a fama de Quitungo sempre se criou pelo medo. Ela foi a primeira então que se cresceu. E uma mulher, uma travesti. O Parque Oroguendá inteiro logo foi só dela. O império dela, ou melhor: a avenida Atlântico dela. Eu acho que devia funcionar desse jeito, ela devia achar que todo mundo, todos os moradores, as mulheres donas de casa e os homens trabalhadores e as crianças, que todo mundo era filha dela. Porque ela impôs regra. Homem não assedia mulher, nem gay e nem trans; gay, sapata e trans não se expulsa de casa e se não aguenta de jeito nenhum a natureza da criatura que tu puseste no mundo, tudo bem, que saias daqui que a criatura será acolhida, e esse "acolhida" era o alistamento na Firma; não podia se prostituir, se quisesse tinha que rapar dali e teve uma que fez isso. Fábia, os deuses a tenham.

Fábia foi uma das mais bonitas que teve na quadrilha, primeiro ela foi um bom tempo vapor lá no baixo do Parque depois quis crescer, queria comandar a biqueira, que tinha o dinheiro da cebola e tudo, mas a Diaba não deixou, porque a Diaba tinha, sei lá, inveja, não sei se é essa a palavra, porque a palavra que me vem é identificação, porque a Fábia tinha a astúcia, a vontade de ser a melhor em alguma coisa uma vez na vida que fosse, algo que a Diaba tinha, o olhar reto, alto, na ponta do pé que a Diaba tinha, só que ela tinha também coisas que a Diaba não tinha e mais: nunca teve. Não tem por que mentir, a Fábia era sim uma travesti muito bonita, ela era nova, isso conta, mas a gente 'tá falando aqui na língua trans, Fábia nasceu com o rosto já muito feminino, pouquinho pelo no corpo, sem gogó. Então ela era aquela trans que, no auge, chamava atenção em qualquer canto, hora ou lugar. E ela 'tava nesse auge quando quis dominar a biqueira que trabalhava. Alta, magra, meio indígena, o cabelo comprido até a cintura, e cabelo dela, hein? Então, um dia chegou nos ouvidos da Diaba: além de estar fazendo avenida, um caguete soprou que viram Fábia no Barrão em uma das biqueiras do Quitungo. Esse dia eu 'tava do lado dela, a Diaba ficou transformada, levantou da cadeira e ficou andando da janela até a porta e de novo, até que mandou, bem brava, que Codorna, Xuxa e uns outros fossem atrás da Fábia, que o vulgo era Caipora, lá onde ela 'tivesse. Dois dias depois, a Caipora – a Fábia – sabendo que a Diaba sabia, já 'tava não dando fuga, mas se achegando para os quitungos mesmo, porque eu acho que ele também queria cutucar a Diaba, aceitando uma trans por ali nos bondes dele, porque ele sempre foi, para os outros, para a favela, assim, no externo, um transfóbico, sempre odiou viado e travesti no público, então seria era novidade e, parece, ele queria que a Caipora ficasse ali pra provocar, e lá ela ficou porque lá ela imaginou que ficaria sob proteção, porque desde que Diaba criou poder se dividiu o terreno da favela, quem é quitungo não entra na área da Pombagira ou na área de canjanjo e quem é da área da Pombagira ou canjanjo não entra e nem pisa na área de quitungo. Só que a Caipora deu baixa, ela foi burra, vacilou. Lembra que eu falei que ela 'tava fazendo avenida? Não porque precisava de dinheiro, o que ela quisesse ela podia pedir pro Quitungo e como tinha rasgado a camisa – tinha se saído da quadrilha da Diaba – e também tinha agora uma boca para mandar e comandar lá no Barrão, na área dele, sua coragem ficou maior. Ela fazia avenida por vício, ela era uma viciosa, gostava de sexo, ela fazia avenida pra ter sexo diferente com homens diferentes. Fazer sexo com um homem só, o grande pesadelo da Fábia. Nessa ela se estrepou. Um dia veio um cliente na avenida, parou o carro, de vidro filmado. Ela deve ter ido, inocente, inocente, imagino. O carro deve ter parado um pouco mais pra frente, porque lá na Atlântico tem uma parte que já não é mais acostamento que se a trans não tiver cuidado pode bem acontecer alguma coisa com ela que as outras não vão ver nada porque é uma parte bem mais escondidinha, não sei como que 'tá hoje, mas tinha umas árvores grandes, assim, e ficava até uma sombra. Eu imagino o carro indo até ali e a Fábia então indo também, boba, boba, ou crente que era cliente porque a gente que foi puta, ainda mais na nossa época, quando a gente não tinha tempo pra pensar o que era o que não era, sempre pensou que todo carro que para é cliente, que não existia ou não podia existir outra possibilidade que não cliente ou macho querendo a gente. Então, ela deve ter ido, com cliente na cabeça e, quando baixou o vidro, deve ter se quebrado a coluna, assim, pra mostrar os peitinhos – que ela não tinha muito – e visto o bico apontando pra cara dela. Pois, levaram. Dizem que tem um vídeo disso espalhado pela internet aí mas não posso dizer se tem porque eu nunca procurei. Mas pra que, se eu vi com meus olhos, ela – a Diaba – fazer apavoro e tribunal nessa menina porque ela rasgou a camisa e ao invés de dar um tiro e acabou, como fazia – até porque não era a primeira vez que ela fazia tribunal –, não, foi pro mato, mandou as bichas abrirem uma cova e chamou duas pra ajudar ela com o que ela queria fazer com Fábia, eu era uma dessas. Não me orgulho de nada desse dia mas era a ordem, era a música que a gente dançava, que todo **bandido** *dança, e a Diaba já tinha uma régua de poder alta nesse tempo aí que, se eu me rebelasse eu rápido 'taria ali no lugar da Fábia, tendo que dizer pra câmera do celular que o Lombra segurava* Eu, Fábia, de vulgo Caipora, antes era do PCC, agora 'tou rasgando a camisa, 'tou rasgando a camisa porque eu escalei pros quitungos *e depois tendo que pôr as mãos numa raiz de árvore e esperar, de olho fechado, cabelo preso no coque, suor escorrendo na testa, no meio das costas, da sola do pé, até vir a lâmina do facão e arrancar as mãos dos pulsos. Ela levantou e ficou de pé, não acho que de dor porque, olha, vou te contar uma coisa, quem morre assim do jeito que uns* **bandidos** *matam, que não é todo* **bandido** *que é assim, mas esses mais sanguinários como a Diaba foi esse dia, o julgado, na hora de tomar as* *facadas ou as pauladas, parece que não sente dor, pode ficar igual a Fábia ficou, que quando ela 'tava de pé depois de perder as mãos, ela levou nos braços e nas pernas talagadas de facão, mas a cara, a cara não era de dor, era cara de choro, de choque, não parecia que ela 'tava ali onde 'tava acontecendo aquilo, era como se tivesse pisando num sonho, não sei dizer, mas acho que o corpo da gente faz isso, enfia a dor embaixo do tapete na hora que a morte chega, então não esqueço, vejo isso agora na minha cabeça e me dói, me dá vontade de chacoalhar a cabeça para espantar a lembrança, uma lembrança, te digo, que me vem na cabeça antes de dormir, vez ou outra. A Fábia, sem lágrima no olho, sem um brilho no olho, apenas pálida, a pele escurecida da cor certinha de uma areia de praia seca, olhando de olho arregalado, o mais arregalado que tu podes imaginar, olhar de choque, olhando pra gente, olhando para a Diaba, como uma criança perdida no mercadão, tomada em um transe de morte, de pé, sem as mãos, com bifes do corpo pendurados, e tudo ainda esbranquiçado como a carne de um frango, para logo, logo começar a brotar sangue igual quando a gente aperta uma esponja encharcada, as pernas ainda firmes, e de pé, fria, endurecida, sem parecer mesmo que 'tivesse sentindo alguma dor. Só sei que ela levou mais talagadas nos braços e nas pernas, perdeu metade de um braço e perdeu um pé também, jogaram ela dentro da cova e deram mais talagadas. E ela não derrubava uma lágrima, só gemia e olhava pra cada uma da gente. Quando foi a hora da Diaba dar a misericórdia como fazem, e ela podia fazer do jeito do PCC, já que era a facção pra qual se bandeou a Diaba, e assim ela ia decapitar a menina ou podia fazer do jeito nordestino e enseano em que tacam a ponta fina da picareta na cabeça do nego até vazar um buraco. Mas não. A Diaba desceu até a cova, puxou a Fábia pelo cotoco da perna e deixou ela deitada. E começou. Começou a arrancar a cabeça dela dando talagada no rosto, uma atrás da outra, com força, com uma raiva muito forte, como se a menina representasse tudo o que ela odiava. Ela não queria matar a menina, ela queria matar a passabilidade dela, a beleza dela. E só terminou quando a menina já morta virou uma cabeça de carne dilacerada, lábio pendurado, dentes mostrando, olho arrancado e o alto da cabeça levantado e pedaço do cérebro da bicha grudado na lâmina escura do facão. Lei da selva. Lei da vida. Ou estou errada? Essa lógica é a hierarquia da vida, basta olhar os bichos. Ou melhor, da vida não: da Natureza. Se só tem predador tudo se acaba, um come o outro até não sobrar nem terra nem predador. Se só tem presa, então uma delas vira o predador* Ei, ei?, o cliente estava à sua frente, mãos na cintura e rosto de dúvida. Andrea não percebeu que ele havia saído do banho; continuava nua, sentada na beira da cama com o maço de papéis na mão, dentro da transcrição do depoimento e da memória nítida. Ele nunca havia visto aquilo, nem imaginado. Existem cenários que, com uma travesti inclusa, deixam de existir como possíveis imaginações. Há histórias que, por mais humanas e universais, criam inverossimilhança se é incluída na história uma travesti. Ele sentou na beira da cama e olhou os papéis que ela segurava com o mesmo despudor com que ela o deixou olhar, afastando os ombros para que ele visse a extensão dos parágrafos longos. Tu és jornalista?, e ela responderia, Sim, por não ser mentira que também era jornalista, que não deixou de ser uma na manhã que saiu do barraco alugado havia pouco, três ou quatro dias, no Parque Oroguendá, e atravessar o morro na direção do bairro de Juma, bairro que estava não na favela mas à beira dela, para se encontrar com Juma que, segundo Windson, tinha sido a melhor amiga da Titânia e que teria muito o que dizer e o que diria provaria a história, provaria tudo ser verdade e a busca pela verdade é trabalho de jornalista. Mas Andrea respondeu também o ofício no qual se graduou, E historiadora, que estuda História, sabe? Igual na escola, Eu sei lá, minha flor, mas eu só fui é até a quarta série, mas, minha flor, que história é essa que tu foste atrás?, A História da história, é isso que interessa, ela se ajeitou na cabeceira como estava antes dele ir para o banho, encostou as costas e a nuca e colocou seu membro entre as pernas, deixando apenas os seios de hormônio à mostra, Mas dentro da História da história tem histórias, eu gosto das histórias das histórias, Fofoca, é isso que tu dizes?, Fofoca não deixa de ser História, E isso aí, ele apontou o maço de papéis, é fofoca, isso aí?, Aí tem a história que eu fui atrás. O cliente a pegou pelos braços e a sentou no meio da cama, pediu para que ficasse assim, mais esticada, com o membro para fora das coxas agora. Continua falando aí, ele disse e se afastou, sentando-se em uma das cadeiras de jantar da suíte, Uma história que me contaram que aconteceu aqui no Morro do Oroguendá há mais de vinte anos. O cliente tirou a toalha da cintura e deixou o sexo à mostra. Eu escutei tanto que decidi ir atrás das pessoas ainda vivas e que viveram a história e poderiam me dar detalhes do que aconteceu. É o que 'tá ali, nos papéis?, Depois que eu gravei, eu passei pro papel, eu consegui a história de vários ângulos, agora meu trabalho é organizar isso como uma coisa só. O cliente estava excitado, Andrea olhou o membro endurecido, um brilho úmido na ponta da glande. E tu num queres me contar, que história é essa? Fiquei com vontade de saber, e começou a acariciar seu pênis, Conta, conta essa história pra mim.

Ainda que fosse a mais velha que restou, não foi a escolhida herdeira do candomblé de Sérgio uma vez que ele não a apontou nem deixou claro em palavra dita, em ofó, em emí, ou indicação qualquer. A briga pela cadeira durou exatos três anos e tudo se passou, até a peste e ninguém se sentou no trono de Onirá. Andrea se recordaria por um bom tempo do cheiro da casa dela, cheiro de gato e mais nada, no banheiro (como foi uma vez) sentia-se odor de urina de gato, assim como na cozinha ao lavar um copo para beber água e sentada na sala apenas estando e olhando. A casa só tinha um cheiro. A sala feita em dois sofás velhos, dois aparadores sem um porta-retrato, quadros de santos africanos, uma foto de seu orixá (Oxum) vestido em algum ajodún ou festa antiga e um tapete encardido. Ela (que se chama Luzia) parecia não enxergar, ficaria quase todo o tempo com os olhos fechados, como uma entidade, o rosto derretido pelo tempo, o torso de pano brilhante dourado bem amarrado na cabeça, fios de conta de Oxum e Oxalá, bata e pano da costa de renda e saia de entremeio azul-escuro com verde, sapatinhos de bico arrebitado, sentada sobre a cadeira de palha com respaldo alto e trançado, contando que *se aproximaram na churrascada de setembro. Nos tempo em que mãe Jáci foi viva, todinho aniversário dela ela mandava o povo descer na Praça de*

Agê e comer carne e beber cerveja, e o samba comia solto. E mãe Cassilda continuou com esse costume aí depois que minha vó de santo se foi. Há muitos anos que fazem eles lá a churrascada, todo setembro, na penúltima semana do mês. E desde sempre que mãe Cassilda chamou o Cadú pra fazer o samba esquentar por lá, ele que foi um homem sempre cheio de cantigas do fundo do baú, o que sempre agradou os mocotós velhos que sentiam falta dos antigos tempos do candomblé, mesmo que ele entoasse muito samba de caboclo, que isso incomodava esses mocotó tradicional, porque eles não aceitam muito isso de catiço, mas dançavam, porque essas cantigas faziam parte mais dos povos que já estavam nessa terra, e isso ela fazia, isso de chamar ele para cantar na churrascada, desde antes dele ser **bandido.** *Nessa churrascada aí que me vem na cabeça, teve uma hora lá que todo mundo viu, Cadú e meu pai Sérgio jogando um pro outro olhar de cobiça. E Cadú, homem de Exu, não disfarçava mesmo. Pessoas de Exu, o Quitungo depois me ensinou, não se importam com quem quer seja, caiu na rede é peixe, homem ou mulher, por isso violeiro caiu nos olhares do meu pai Sérgio. E quando foi de noite, os dois sumiu.*

E foi, depois dessa churrascada na Praça de Agê, não demorou e começamos tudo a ouvir que Cadú não saía da casa de meu pai Sérgio nas madrugadas, ele que nunca foi de frequentar terreiro. Lembro de quando mãe Cassilda jogou, ela falou que orixá tinha planos, mas nunquinha que Cadú ia se não fosse para cantar e tocar samba, ele não queria saber de ouvir falar de santo, porque ser do santo significa, meu fio, obedecer alguém e aquele lá ia obedecer alguém? Mas foi só se jogar pro lado de meu pai que o violei-

ro subiu no Águas de Prata querendo fazer santo, porque ele sabia que meu pai não podia iniciar ele e quando ele subiu e pediu para fazer a cabeça então todo mundo entendeu que eles agora eram caso um do outro mesmo. Foi um ejó compriiiido. Quando era dia de função grande no Águas de Prata por causa da feitura de Cadú o povo todo falava, não tinha outro assunto. E os dedos apontavam cada um um lugar, porque tinha gente que torcia nariz pela fama de Cadú, achavam mãe Cassilda errada de fazer a cabeça de um que já matou, já outros ficavam cochichando sobre ele e meu pai, imaginando tudo mesmo, quem ficava em cima e quem ficava embaixo, se meu pai também estava metido com bandidagem. O povo do Águas de Prata juntava o que escutavam pelo morro e o que achavam dele só de ver. O borí da feitura que foi uma situação ruim, porque na hora dos votos, que todo borí tem as horas dos votos, quase ninguém tinha o que falar, porque não dava pra dizer "axé, boa sorte em teus assaltos." Pro povo de macumba, **bandido** *era* **bandido**.

O que foi é que depois que Cadú virou ogã seus trabalhos criaram fama pior. Ele passou a dizer acima e abaixo que tinha o corpo fechado por Exu e nada mais faria mal. Ele começou a acreditar numa força, a mesma força, eu creio, que matou ele depois.

Depois de feito, ele não passou a viver com meu pai Sérgio, ele só fez isso quando minha irmã Laureta deu o menino, mas aí também ia morrer na outra década, só mais uns quinze anos, o certo para marcar o menino, já que ele foi um pai mesmo. Só que para terminar o antes: pois Cadú virou um diabo depois que fez santo. Porque ele criou

*coragem, a coragem que faltava. As histórias começaram
a engrossar. A gente ouvia pelo morro todo, as vinganças
sangrentas, as encomendas, os crimes, os assaltos, até uns
matuto quase criança ainda viu a faca do falado Violeiro*
[Violeiro puxa o adolescente pelos poucos cabelos com
uma mão, o pescoço se estica sob a luz do poste, o par
de aortas endurecidos e pulsantes ficam iluminados e
disponíveis. Com a outra mão ele passa a lâmina, devagar
primeiro, antes de puxar de uma vez, para que o sangue
não espirre em sua roupa]. *Foi quando começaram as
regras também, lá no Topão de primeiro, e pela época que
nasceu o menino, o baixo do morro também, começou a
ser organizado por ele, pelo Violeiro, agora com esse nome,
com nome de* **bandido**, *não nome de quem toca samba na
viola, era nome de crime.*

*É que por muitos e muitos anos só Cadú e os cabruxo
dele existiram por aqui, não tinha outros* **bandido**s. *Quando
um roubava o outro, quando os homens judiavam das mulheres, quando pegavam as menina à força, era Cadú e os
subordinados que a gente chamava, muito tempo mesmo foi
assim. A polícia, mesmo que não fosse como nos tempos de
mãe Rosário, quando os polícia invadiam o terreiro, batia
na mãe de santo, nos ogãs e levavam os atabaques embora
e todo mundo pra cadeia. Não era mais assim, porém não
dava pra contar com eles mesmo assim. Por isso, é sabido,
nem é um segredo, segredo mesmo, que foi Cadú que levou
os cabruxo tudo para fazer santo lá no Águas de Prata.*

*Se teve essa guerra toda que tu queres saber, é porque
começou aí. Com o Violeiro e tudo o que ele fez. O primeiro*
bandido *desse morro. A verdade é que os roubos e crimes*

mesmo também ficaram piores e todos eles se cresceram, e ainda nem era a segunda parte da vida do **bandido,** *o auge viria depois.*

Tudo começa no meu pai. No tempo do golpe da república já se via brocas, picaretas e homens, betoneiras, escavadeiras e caminhões de concreto, terrenos demarcados com galhos fincados e fogueiras iluminando a noite de descanso de um dia de corte e derrubada de tronco e capinagem, donos de fazenda e herdeiros assinando contratos com o governo do estado pra transformações de suas terras, comércios, bancas de feiras, mascates, quituteiras e migrantes, tudo aumentando a cada mês. Assim que nasce esse morro. Com história. Tu falaste que gosta de história, pois bem, eu tenho uma. E quero contar tudo isso tudo de um jeito melhor.

Dizem que mãe Jáci – minha vó de santo – não foi testemunha da troca de nome desse lugar porque já não saía muito da roça de candomblé quando o governo de Enseada do Ariwá decidiu aglomerar os bandos de trabalhadores espalhados em um lugar só, ao sul, não nos bairros mais altos ou nas periferias do Centro Histórico e da nova capital, onde não podia morar quem conseguisse só comprar radinhos em tempos de novidade na tela de transmissão, os radinhos que fossem para o denso matagal antigo da Vila das Corujas; o governo comprou uma dezena de terrenos, o preço do lote abaixo do comum. E foi, aquelas famílias deram o jeito delas, correram as giras delas. Pelos radinhos ia ficar tocando os sambinhas enquanto o lugar ia sendo inventado, juntando no cume – onde já tinha gente décadas antes de escravo ser liberto – um tanto de casinhas e mais casinhas e as fazendas vendidas tendo as sedes demolidas.

Foi logo após uma roda de samba, por isso deve bem ser verdade que mãe Jáci não testemunhou o novo nome do lugar e bem difícil crer que a vó de santo conheceu o violeiro Cadú, mancebo ainda, entoando umas composições antigas no esticadinho da porta do primeiro boteco inaugurado dessa nova volta no relógio, porque raramente se via a vó de santo sair do terreiro como antes, porque ela já tinha sido uma mulher mais alegre, que gostava de passear e visitar as filhas de santo que eram quituteiras e donas de armarinho e de atender as mulheres que queriam feitiços e fuxicos para o amor e para a fertilidade, naquela noite azulada, quente, redonda de final de sessenta, dificilmente ela estaria ali. Noite quente de lamparina, noite de dançar para espantar mutuca. Esmeralda adorava noites assim e antes de sair para o samba tomou banho no rio Onixití para chegar com os cabelos molhados e ver Cadú de olhos apaixonados, ainda que ele não correspondesse pois ela gostava de ouvir música e sentir, o que quer que fosse. E estava lá, olhos de melaço testemunhas, vestida de sorrisos, boca aberta, cabelo brilhoso. O violeiro então viu ela, dedilhou devagar e deixou os olhos voarem até caírem sobre a fogueira. Ele puxou: – Tem tanta fogueira/ Tem tanto balão / Tem tanta brincadeira / Todo mundo no terreiro faz adivinhação... Esmeralda se achegaria das mulheres, homens e as esposas, também crianças que teimaram em não dormir cedo para assistir o canto bonito do violeiro. Cadú olhava as chamas se quebrarem devagar, lembrava alto, da avó, e que por ela que cantava, de tanto assistir a avó cantar passou a querer também, tanto que ouviu toada à beira da tina. O rostão de finada Ana em mil retratos: fazendo peixe, porco e galinhas na beira do fogão de pedra, costurando os fundos das próprias saias, varando o cachorro que comeu um pintinho, colhendo balde na bica, ajeitando o pé quebrado da mesa, rezando de joelho à frente de seu São Sebastião na sala. Tudo sempre de boca aberta em cantoria. E navegou o violeiro, como se não existisse plateia alguma senão ele e a avó. Então, entoou outra: – Sete letra que mata é / Saudade, saudade... *Olhou Esmeralda, ela mostrava olhar de vontade e criancice.* Tu num tens uma toada só tua, Cadú? Escrita por ti?, *perguntou,* Ô, se tenho, nêga. É que trunfo não se mostra assim, sabes? Masí, canta' uma escrevinhada à minha avó. A preta Ana.

Um velho, de dentro do boteco, mandou saudar o espírito de Ana do Caboclo. O violeiro gritou um alto salve, olhou o céu e cantou.

Na aurora verde
Tu não distenda
Ó nêga
Quando chegar no céu de engenho
Ó nêga
Oroguendá, oroguendá
O sol de maio, de liberdade
Ó chega
Oroguendá, oroguendá
Quando na noite um frio de guardar
Ó nêga
Oroguendá, no fim da noite
Ó nêga
O samba canta casa-grande inteira
Oroguendá, oroguendá

Ó nêga
Oroguendá, liberdade chega
Ó nêga

E fez bis e após o bis, Robério, do boteco, pediria que cantasse outra vez, até o povo arranhar uma resposta junto. A toada acabaria achando morada na boca dos moradores novos e até depois na dos velhos; em toda noite de fogueira e sambinha, Cadú tinha de entoar aquela cantiga bonita, vagarosa, e o oroguendá oroguendá melodioso, mel na memória, ia ser cantarolado nos dias que passavam, na hora de lavar a roupa, na hora de esquentar o caldo. E até nos andos de agora se escuta a toada em boca de um encantado ou outro nas juremas de Granjão. O nome foi ficando, antes de virar a década já havia gente usando Oroguendá para apontar a favelinha que se formava no topo do morro. Vila das Corujas ia sendo desdito.

Só quando veio gente do governo na porta do Águas de Prata alegando querer comprar parte dos hectares do Igbó que mãe Jáci reviveu o nome morto: Então tu irá dizer à tua chefia que não é porque não tem casa de tijolo que não tem morada. Árvore também é casa de santo. Ninguém compra nada aqui. Que a roça nem nossa é, esse lugar todo aqui pertence a Iemanjá. Onde isto? Vila das Corujas nunca foi de seu ninguém, *ela disse.*

Os oficiais iam gastar a manhã toda no ouvido da mãe de santo até que viesse um mal-estar, e ainda assim não iam sair, mais, iam questionar se tinha lá outra autoridade pra eles tratarem. Mandaram chamar o meu pai Sérgio. Lá no baixo do morro, onde os barrancos lamacentos faziam corcovas lisas e perigosas no caminho do povo. Dentro de um cercado largo, meu pai e os matutos filhos das abiãs capinavam desde as oito. Um matutinho bateu palmas e gritou. Disseram ao pai de santo que a mãe de santo requeria ele lá em cima. Ao entender não ser besteira ou costume, se aprontou fosse ia a uma festa. Ele subiu com pressa a rampa do barracão. Os homens de gravata conversavam com sua irmã Cassilda no alpendre. Barulho de talher no longinho e quentura de sol, era pela hora do almoço. Os engravatados mediram ele todo quando Sérgio – o meu pai de santo – entrou na sombra clara, olharam seus sapatos de couro, as calças jeans de perna larga, a camisa cor de menta aberta até o umbigo, a correntinha de Santa Bárbara apertando o gogó, e a cara queimada de mormaço, o bigode castanho, os óculos de lentes tom de mel, o cabelo armado de permanente. Embicaram a falar. Cassilda com a conhecida diplomacia dela e Sérgio com as exclamações rasgadas, feito sentisse a mesma raiva que a dona da casa sentia debaixo de sua água calma. Os gravatas insistiam em cumprir a missão, empurraram a proposta o máximo que o financeiro da empreiteira permitiu. E nem o homem e nem a mulher dinheiro nenhum aceitariam, aquele chão era de orixá, eles repetiram, vezes e vezes. Os gravatas desistiram perto já da uma da tarde e com meu pai Sérgio falando grosso, de mão na cintura. Ele levou eles até o portão, disse para não voltarem e despachou uma quartinha d'água na rua assim que viu que tinham mesmo ido embora.

E não tentaram. Até a tristeza levar Jáci embora os homens engravatados não botaram mais o pé no portão. A morte da velha vó de santo fundou de uma vez o tempo novo, ia enterrar o antigo nome e o rio ia poder trazer novas águas. Poucos dois anos e uma vila toda outra era desenhada no cume do morro. Entrada a década o Águas de Prata tinha sucessão nova, a primeira que não levaria o sangue de finada Sábia na veia. Meu pai Sérgio, que já tinha terminado boa parte da construção do terreiro na época do primeiro conjunto habitacional, adoxava as primeiras iaôs – eu uma delas – e a gente já 'taria dizendo 'tou subindo no Topão e 'tou descendo no Barrão para referir aonde ia do morro. Criou-se rotina. De manhã se soprava os fifós, as crianças se punha debaixo da água dos baldes e os maridos na mesa com bolo e café fresco suando a xícara, os velhos partiam para as primeiras rezas e as araras, os jacús, os baianinhos e os canarinhos para os primeiros voos e os primeiros cantos. Pela rua se via, então, junto do sol, homens de chapéu de couro ou algodão indo a caminho da estação lá no Centro Histórico, e homens de chapéu de palha se embrenhando morro acima e morro abaixo a caminho das construções que não tinham se encerrado, as crianças também, muitas escoltadas pelos irmãos mais velhos, indo para a escola estadual, ainda mais longe que a estação de trem.

As fitas de vídeo do documentário Casa da Sereia *que iam ser guardados por mãe Zilda na parte debaixo da cômoda dela que mostram o Topão muito parecido com o eivado bairro de hoje. Eu assisti, todo mundo depois assistiu. Mostrou lá: as casas tinham paredes coloridas se apertando ao redor da Praça de Agê ou frente o Ilê Iyá Omi Dúdú, de frente da Igreja da Nossa Senhora da Cabeça com sua graminha tomada por beatas, senhorinhas e moradoras católicas acenando os lenços para a câmera, o campinho de*

*futebol sem cerca cheio de matutinhos poeirentos e um close
da câmera, assim, nas matutas olhando eles de troça ou de
malícia, um opala preto acompanhado pelo cinegrafista que
cruza a rua de terra, um recorte da segunda vez que o Afoxé
de Cobre pôde descer no Barrão, cenas variadas da Festa
do Jacaré, Cadú mais velho um pouco, cantando rouco no
alpendre do boteco de Jija. Prova inegável que a favela do
Oroguendá existia assim, tal, pelos idos do meio dos setenta.*

*Ainda que qualquer família preta e qualquer problema
de família preta já ia bastar pra ser estudo para esses brancos
pesquisadores, foi o arerê judicial com o herdeiro português
o que de fato atraiu eles para aqui. Até então, o Oroguendá
só tinha aparecido nos jornais de Cidadela nas manchetes
como "novos conjuntos habitacionais ao sul de Cidadela são
construídos pelo governo", e foi por conta dessa efervescência
aí que o repórter Rui – esse era o nome dele – pernoitou lá
uma vez, justo em sábado de festa, quando da época do ano
que o Águas de Prata comemorava o vodún Omolu. O jornalista queria uma matéria com os perfis dos novos moradores
mas se deparou foi com um comboio de mulheres vestidas
em saias brancas quando entrevistava duas senhoras que
moravam em casa gêmeas na frente da Praça de Agê. Per-*
guntou então o que era aquilo: Elas vão ao candomblé, meu
filho. Bem aí, nesse murão. Esse terreiro 'tá aqui desde
antes, tem é quase cem ano', A senhora sabes dizer se eu
conseguia entrar?, *ele deve ter perguntado. Poder ele podia,
mas não com aquela camisa vermelha e aquela calça escura.
Se quisesse entrar, que trocasse de roupa. O jornalista não
parava de virar o rosto na direção da entrada do candomblé,
parecia contar quantos passavam debaixo das folhas do*

mariô pra subir a escadaria de barro, notou uns civis entre os vestidos de branco, idosos e algumas crianças, perguntou pra moradora que entrevistava se ela tinha alguma roupa pra arrumar. Idalina, que era como chamava, tinha sim, umas camisetas puídas do neto que tinha espichado, serventes pra estatura do moço, mas ela achou ele branco demais pra se confiar, e falou: Tem não, senhor. E o jornalista tirou a mochila das costas e arrancou a camiseta pelo pescoço sem se importar com as mulheres, sacou uma blusa de manga comprida, assim, cor de creme, vestiu e guardou a camiseta no lugar. E perguntou: A senhora me vende um lençol?

Rui, não fosse o Ogum de Firmina ter quebrado a câmera fotográfica dele, ele teria registros das entidades de muita gente que morreria ainda e acabaria ficando sem rosto. O que guardou foi algumas fotos do Topão daqueles anos, retratos das casas, dos moradores e transeuntes, das senhoras, da igreja e uma sua que pediu que tirassem, ele, de mãos nos quartos, sorriso no rosto e o lençol amarelo claro enrolado na cintura, cobrindo a calça preta. Encantou-se com o que viu naquela noite. Gente molhada de suor de dança, uns cobertos de palha desfiada, com sinos amarrados no corpo, lanças, serpentes de ferro, bastões na mão, um que carregava um maço de folhas, gente ovacionando os deuses coloridos, as panelas com comidas até a boca, o banho de pipoca, os tambores que tremiam o coração fora do lugar, isso se eu pensar com olhos de homem branco, claro. Contou o causo detalhado para uma amiga de longa data na manhã seguinte e ela, entusiasmada e em crise de criação, provocou ele a fazer algo, um livro, um filme. Meses mais tarde, no meio da feitura do documentário, Monique ia descobrir que era Iemanjá o orixá que comandava a vida dela, sendo o porquê de ter encabeçado o filme com tanta autoridade e teimosia. Casa da Sereia *ia fazer um público bom, ainda mais fora do país. Projetores nas Américas e Europa iam exibir o rosto de mãe Cassilda de Oxóssi nas salas de vários cinemas, pelo Brasil escreveram em jornais e o candomblé, tanto o de Enseada do Ariwá e da Bahia, o de Rio e São Paulo, quanto também o xangô no restante do Nordeste e o tambor de mina e a umbanda, tudo entrava na roda mais uma vez, como quando era meados dos anos trinta aconteceu. O morro do Oroguendá se espalhava como sítio de um dos terreiros de Ketu mais antigos do país. O ano virou com mãe Cassilda recebendo equipes de jornal e televisão, as festas de Ibeji e Ayabás em outubro e dezembro ficando mais abarrotadas que o normal, o Topão inaugurando o primeiro mercado grande, a primeira farmácia, novos bares e armarinhos, tudo com respaldo do felebé vindo da Socie-dade da Prata, mais farta de doações e verba em razão da fama do documentário.*

Também por esse tempo o morro começou a criar outra fama. As delegacias que cobriam Cidadela e os bairros altos na cercania passaram a trabalhar mais que o normal, viu? Foi a temporada em que as calçadas das avenidas do centro e as ruas dos ricos ficaram mais perigosas. Quem subia a cidade para roubar e matar era gente do morro do Pó, a favela mais aqui para frente, a última antes de começar a cidade mesmo, só que fofoca nenhuma no Oroguendá dizia de morte matada, nenhuma vez, e até antes do loteamen-to era um lugar remoto com alguns terreiros e pequenos agrupamentos de casas, no morro do Pó, mais velho, já se ouvia dizer até em tráfico, sem dizer que os lombrados de Oroguendá buscavam em biqueiras por lá seus agués ou seus efúns. Porém o morro andava famoso, muito falado. Em pouco mais de dez anos, alegou um coronel que o lugar ficou bem desenvolvidinho, capaz de ter uns saidinhos. A ordem chegou na 8ª Delegacia Civil na margem do Jardim Aliança, a uma caminhada de distância do morro. O Secretário de Segurança devia uma solução, que os agentes começassem a averiguar o local e deter os elementos, como eles chamavam homem pobre no país inteiro. Um homem que chamava Marcos mas que na cadeira de delegado era apelidado Jobim porque ele parecia mesmo com o cantor se viu bola na porta de uma caçapa, o jeitinho que deu pra arrumar um a mais no salário poderia agora não dar mais certo com essa história de cerco ao crime local, sem dizer que seus subalternos mais lerdinhos iam desconfiar ou podiam entender o que vinha acontecendo, os acordos com os **bandido**s *da favela do Pó, as malas pesadas de notas de cruzeiro, a venda de armas, e poderiam denunciar ele, contaria com os agentes já acordados. Foi tomar café com eles. À beira dum balcão de uma lanchonete no Jardim Saron, Jobim listou os afazeres, disse que uma operação ia ser realmente feita, mesmo sabendo não ter* **bandido**s *na favela nova, mas que pelo menos os policiais iam trabalhar, um respeito ia ser implantado nessa gente e a Secretaria e a população do centro iam ficar alegres, e, no paralelo, tanto ele quanto os outros três iriam negociar com os chefes no Pó, pediriam pra segurar onda de assaltos, e se conseguissem, iam poder negociar um desconto nos calabocas, um sacrifício, claro, mas que conseguissem: seria o sucesso da operação.*

E num só tempo levas de policiais e levas de gringos passaram a subir os barrancos do morro. O Oroguendá conhecia o interesse bom e o interesse ruim.

Houve um começo de tarde certeiro. Sobre o verde dos matos e o acobreado da terra um amplo céu azulado, e nuvens, imaculadas de verão; assim enxergava o Cadú, de cabeça jogada pra trás, chapéu pendurado no pescoço, bra-guilha aberta pra não apertar o bucho, de bunda largada no caixote e pernas esticadas sobre os calcanhares. Dedilhava a viola. O mundo era só vento calmo e passarinho mudando de galho. O ruído de gente andando se sobrepôs às cordas. Cadú se ajeitou por ouvir muito bem: ele entendeu arrastar pisado de bota, não de chinela de moça ou alpercata de homem. Se pôs entronado sobre o caixote: subiam os homens de azul-escuro. O violeiro guardou um riso na goela de ver os ocó suado, comendo ar; eles não eram bicho de morro, os alibãs. Passavam frente a sombra de árvore em que se sentava quando entoou:

Pavão misterioso
Pássaro formoso
Tudo é mistério
Nesse teu voar

E sorriu, como se não visse a carranca dos homens. Eles subiram, desapareceram na estradinha mas não muito o violeiro ouviu em meio a própria voz alguém ser ordenado a parar. "Vá, rapaz, fique parado." Cadú assentou em dedilhar a viola e sentir a sesta acalmar os músculos. Desceram la-vadeiras com os tachos na cabeça, cumprimentou. Subiram matutinhos molhados de rio, pediram uma canção e Cadú cantou uma quadrinha. Desceram matutas com despachos cheios de flores, o violeiro cantarolou uma cantiga a Dandalunda. Então subiu o grã-fino. Logo que o terno claro e o caboclo brilhoso apontaram na estradinha, um arrepio subiu no couro do braço. A viola parou e o homem, sem olhar Cadú, passou silencioso.

Era um professor. Natalino Almada de Nunes Branco nasceu no norte de Portugal mas estudou em Lisboa. É sabido que o pai, que era neto de um barão e que quis se distanciar de uma vida de administração de terras e que acabou tornando-se um comerciante, desejou a mesma coisa pro filho. Mas Natalino nem fundou loja e nem se interessou em saber de terras, cresceu um cabra apaixonado por línguas. Quis viajar, foi para o oriente, estudou na Ásia, conheceu o Egito, aprendeu a falar o árabe, viveu meses em uma colônia francesa em África até assentar em Paris, na derrocada dos quarenta anos. Foi em um cinema de Paris inclusive que Natalino assistiu, duas vezes, o documentário Casa da Sereia e, ainda uma terceira, antes de sair de cartaz, quando teve certeza: o terreiro mostrado no filme foi construído em terras que pertenceram ao bisavô dele e que logo eram dele também. No apartamento conferiu fotos antiquíssimas, esfarelentas, dos seus ancestrais posados na frente da casa-grande – preservada pelo que ele assistiu nas gravações. E logo quando sua vida, naqueles meados de anos setenta, encerrava-se num tédio pesado da rotina de um professor de francês solteiro e sem filhos, ele desejou, desejou uma aventura e viajou pra cá, pro Brasil. E talvez ia lembrar até morrer o espanto que acinzentou a cara do violeiro que viu ele quando chegou no lugar que chamavam favela do Oroguendá.

E ficou conhecido como o homem de terno de brim. Um dia ele subiu a escadaria de terra sem que tivesse permissão e quando uma filha de santo encontrou com ele e perguntou se ele tinha despachado a porteira, ele respondeu ríspido que não tinha que despachar nada senão eles daquela terra. O Águas de Prata estava cheio de filhos aquele dia, mãe Cassilda tinha escolhido a alvorada daquela quinta-feira pra fazer a matança de Oxóssi, tão que, na boca da tarde, a roça ia estar num lava louça, guarda louça, estica couro de cabrito na parede, porciona frangos e galinhas e um dar de ossés nos assentamentos dos odés que não comiam por muito tempo. Essa calmaria funcional recebeu o herdeiro Natalino. Acompanhada do irmão Sérgio de Iansã e outros mais velhos, mãe Cassilda foi ter com o homem muito rápido, sem titubear ao reagir à notícia, atenta ao sentimento que deveria ter mesmo feito aquele orô de manhã. Uma tensa conversa ia se desenrolar e quando fosse embora o homem ia decidido a iniciar o processo de reintegração de posse. E quando passasse pela árvore onde sentou Cadú mais cedo ia ver uma coruja calada mas olhuda pousada em cima do caixote.

As cigarras faziam sinfonia do lado de fora do barracão. Junto do assobá, mãe Cassilda fez um adurá em cima de raízes em clamor a Obaluaiê e pediu ao ogã que enterrasse o ebó na porteira: cuspiu o obi mascado e determinou em voz alta que quem pisasse ali com sentimento de posse que o encanto de suas palavras se perdesse. Depois do paó, a mãe de santo acompanhou o assobá até o pátio, ele desceu pela escada de terra e Cassilda virou na direção do mato fechado. A luz velada da noite acendia as folhas mais baixas e os troncos mais largos, o restante estava coberto de sombra. Mãe Cassilda assobiou três vezes e pronunciou o nome inteiro do inimigo.

Desceram junto da mãe de santo, os ogãs e os altos cargos, pra casa de meu pai Sérgio, na época, o barracão e a casa dele já tinham sido levantados e os filhos ultrapassavam uma contagem de dedos. Na sala de estar discutiram o que fazer com o herdeiro do morto, já que, noventa anos antes o Barão passou da própria boca para a finada mãe Sábia toda a fazenda. Seria a palavra da boca contra a palavra da tinta. Concluíram, naquela noite pelo menos, que teriam o largo tempo burocrático a favor do nascimento de um plano. Após comerem uma mesa com rabada, arroz, salada de feijão e farofa com mel, meu pai Sérgio convenceu alguns de descerem no samba do Jija. Mãe Cassilda avisou que subiria pra descansar. Ah, que isso, minha irmã? Uma cerveja e dois sambinha, vais?, *ele falou, porque me contou essa fala quando me contou a história, essa mesma que estou te contando.*

Mas então: Cadú tinha combinado um repertório de samba-canção com outros violeiros, o que já causava uma satisfação nele, mas quando os postes mostraram a mãe de santo e um grupo vindo no boteco, daí seu gogó se entusiasmou. Os ventos que tinham subido e descido o morro aquele dia falaram que outra vez tentavam tomar o candomblé antigo do Topão, e Cadú, que trancava uma açucarada lembrança da avó dizendo que música também era cura, quis muito alegrar o pessoal de terreiro. A música não cura a dor, Duzinho. Ela leva a dor pra outro lugar. *Ela dizia para ele, como mais tarde ele ia contar para o meu pai Sérgio.*

No findar da roda daquela noite, Cadú ia se achegar de mãe Cassilda pra perguntar qual tinha sido a do homem no terno de brim. A ialorixá falou que era o tataraneto do homem que já tinha sido dono daquele lugar todo. E como pra jogar um pano frio sobre a febre, o violeiro disse pra mãe Cassilda e meu pai Sérgio, que tinha entrado na conversa, pra acalmarem o peito, que nem ela nem o homem do terno tinham conhecido o velho de engenho e que aquele candomblé todo construído era prova por si só de que o povo antecessor a Cassilda passou por ali. A mãe de santo, bem séria, mirou a rua. Ficou assim, sem mexer a cabeça ou a boca, até que Cadú olhasse também. O corpo magro do poste preto de sombra, poste sozinho, de curvamento, quase ponto de encontro, o suporte da luminária era longo, a luz caindo como um cone sobre o meio da estrada de terra, assim, as pedras secas, das brutas grandes que as crianças chutavam até as pequenas rolantes que é instrumento musical de sapato, todas clareadas de luz, fazendo suas sombrinhas conforme o bojo. O resto era tudo noite azul. [mãe Cassilda olhava a rua de terra, *Vês a estrada, meu filho? Ela 'tá aqui desde sempre e chama Estrada Barão Américo Nunes Branco. Disse o homem que vai abrir processo junto ao governo, quer reintegração de posse. Quem vai ser considerado primeiro, Cadú? Eu lhe pergunto.* E o violeiro diria, *Nisso não há causo, minha mãe. O povo dessa terra aqui não costuma considerar quem chegou primeiro*].

Ela sorriu com o que ele disse. E o violeiro ficou feliz: Cassilda era uma mulher muito séria. No terreiro, um pouco antes da alvorada, ela ia mascar pimenta da costa com gim e cuspir no ojubó de exu Onã pra que aquele senhor se assentasse na sorte de Cadú, o violeiro, pois os olhos de matuto não puderam esconder de Cassilda o arrepio certeiro de que ele era filho de Exu.

E uma semana depois, Natalino ia cometer o erro de ir se deitar com uma puta na noite de véspera de seu retorno pra França. O castelo ficava nas cercanias das favelas, indo em direção ao porto, onde o herdeiro da Fazenda das Corujas ia encontrar o corpo do tom de pele das suas vontades mais secretas. Na entrada um bar aconchegava as mulheres e os homens e, nos fundos, se esticavam os cômodos de serviço. A escolhida de Natalino não devia passar muito dos vinte anos, tinha a pele viçosa e firme, os cabelos eram muito clarinhos, nas raízes como que queimado de sol. E sorriu muito grande quando puxou ele pela mão. Quando fechou a porta, Natalino quis saber outra vez seu nome, mas ela não disse, como se girar a chave tivesse provocado nela um encantamento: a matuta passou a ser outra, caiu o sorriso, começou a fazer cara de mulher. Natalino se incomodou com a transformação repentina, Volte a ser como estavas, *ele falou e ela sorriu e os olhos do homem caíram sobre os caninos grandes e saltados, os lábios vermelho-escuro, língua pequena. Natalino chamou ela com a mão, a matuta andou até a cama e se jogou em cima dele, as mãos ligeiras já desabotoando a camisa.*

Os homens iam pular a janela do quarto enquanto Natalino ia estar perdido de olhos fechados nos quentes da mulher, Soltes a cabrita, bode velho, *Natalino recobrou o quarto e se deparou com o violeiro ombreado de outros homens. A matuta sorria, com vagar ela tirou o amolecido do homem de dentro de si e Cadú tomou seu lugar, a ponta da faca direto no rosto do português. O violeiro num repente largou de parecer pacífico e preguiçoso, dentro dos olhos guardava agora uma fúria plena, a faca nem se mexia. Uma cascatinha de suor brotou da linha do cabelo de Natalino, os olhos cor de oceano envoltos num emaranhado de veias sangrentas. O fio de exu do violeiro caído sobre seu rosto. Vós tendes filhos?, falou o violeiro. O branco estava surdo, preso na sensação do corpo de Cadú pesando sobre suas pernas. Negou com a cabeça. A mão de faca desceu até seu sexo, a ponta fincada cortante na pele fina.* Então qual razão para tomar terra de preto?

O português soltou um berro imenso. Um borbotão de sangue correu sobre a barriga dele, encharcando o lençol todinho. O violeiro ficou de pé, de frente para a cama, outra vez, concentrava o rosto numa contemplação da cara branca perdida na dor e na ciência. Na mão, Cadú apertava o membro ensanguentado.

Esse foi o primeiro crime do famoso, depois muito famoso, Violeiro. Tinha trinta anos redondos e uma teimosia em realizar tantos desejos ditos ao vento pela Vó Ana do Caboclo. Da noite em que capou o português o violeiro guardaria uma sensação de propósito dentro do peito. Dias depois, ainda extasiado pela descoberta, iria procurar mãe Cassilda, lá no Topão, no terreiro de Iemanjá: queria se consultar com o oráculo. Cadú desde nininho não tinha entendido mesmo a que veio respirar por aqui. A avó amou muito, mas ela chamava ele de meu branquinho e ele quando olhava o rosto no caco de espelho não enxergava tanta pre-

*tidão senão a cara toda desenhada de seu pai com a cor
certa do amor dele com sua mãe: cor de terra seca, cor de
caatinga, cor de onça-parda. Estudou as letras e os números
e misturou tudo porque gostou dos dois, porém largou a
escolinha longe, caminho de todo dia até um cerrado, pela
vontade de andar, ele não fugiu da aula, fugiu da sala. O
pai um sumiço sempre, a mãe um sumiço o dia todo e a noite
toda: só Vó Ana. Com ela aprendeu viola e canto, decorou
canto de santos, cantigas de caboclos, toadas velhas de caatinga, cantigas nagô-angola, receitas de bolo e cozimentos,
simpatias fáceis, de menino, macumba de criança, a reza do
anjo-da-guarda. Ainda assim, a avó não conseguiu ensinar
a ser gente no mundo e quando morreu deixou o matuto
perdido. Feito bicho de faro, Cadú seguiu, saiu da vilinha de
Itabuna e subiu ao Sergipe, nos meados, na parada em sul
de Enseada, a gente e o cheiro do mar prendeu ele. Aquele
tempo tinha feito certinho dezoito anos e nunca tinha amado
pessoa nenhuma sem ser Vó Ana. Logo que assentou passou a
ser andarilho e se questionassem ele "quem tu és" ele ia dizer,
bem clichê: sou a viola. Até a tarde em que viu o português
de terno debaixo do sol, anos e anos depois.*

*Ele subiu o morro com passos grandes, certo de que
estava indo entender os porquês, a razão de baita satisfação de ter mutilado um homem, como se tivesse cumprido
alguma coisa. Andava até o Omi Dúdú sem a viola nas
costas, ia solto, só roupa, pito e fósforo. Cadú sabia que o
candomblé lá de cima tinha sido feito sobre um antigo engenho, mas se assustou de paixão logo que entrou no barracão,
feito a partir da antiga casa-grande. Uma arquitetura de
senhor decorada com um tanto de itens africanos, cadeiras,*

atabaques, máscaras, assentamentos. Em uma das portas, mãe Cassilda desvelou um quartinho branco tomado de badulaques com uma mesa e duas cadeiras ao canto. O violeiro tinha escutado na Bahia que jogo de búzios era oráculo de mulher, porém mãe Cassilda era seca, sentou, preparou o jogo, acendeu a vela com gestos retos e tesos, os olhos sempre pequenos de atenção detrás do óculos amarelados. Tinha rosto de pássaro.

E ainda naquela noite a mãe de santo ia discutir esse mesmo jogo com alguns mais velhos. Questionaria a boca tão fechada de Babá mi Exu, que Okanrán-meji abriu e ditou o jogo inteiro mas sem dizer muito, apenas da fortuna de Cadú a ser um guarda, que pediu seu ori, o determinou ogã, e ojuomí da casa de Sessú! E que tudo seria em favor de uma transformação, que Cadú seria o protagonista e que Exu não estava contente com o cerceio no morro: queria um ebó feito pelo balogún na feitura de Cadú. Mas, o mais: o violeiro não queria fazer a cabeça, dizia de pé junto que tinha achado um propósito mas não em terreiro. O saber da bênção de Exu bastou para ele.

Essa é a história de como começou o crime por aqui, e é a história que eu sempre penso, com meus botões, quando me pergunto como chegamos nesse ponto, onde toda parte ou bairro de morro enorme tem lá droga vendendo, menino novo ou até menina-matuta, que eu já vi, com arma na mão, às vezes até a arma em uma mão e a fralda de limpar catranca de neném na outra. Começou aí, no Violeiro. Ele ia crescer, como te contei, depois que se aproximasse – bastante – do meu pai Sérgio, ia juntar outros homens – jovens, todos jovens – que não queria fazer trabalho em construção ou na cidade, sendo vendedor de loja ou rua, ou pegando seus tabuleiros e indo como as mulheres sempre fizeram, indo ao Centro Histórico vender o que fosse. Ele juntou esses tipos do lado dele, mas, querendo ou não, e mãe Cassilda concordava mesmo que nunca tivesse dito, eles davam bons ogãs. O Violeiro, depois de santo feito, já tinha tudo nas costas dele, já tinha matado, matado policial e gente inocente que encontrou a mira dele na hora errada ou na hora que orixá quis, como ele dizia, tinha feito roubo a banco, a loja, tinha sequestrado madama, tinha matado bicho, criança e já vendia droga que ele pegava remessa no Pó e vendia por esse morro através dos matutos dele que saíam feito mascates pela favela. E era meu pai que deixava ele desse jeito. Eles estavam juntos, como te contei, depois que se aproximaram na churrascada. Tinham um caso forte juntos, mas fingiam que ninguém sabia. Assim, o Violeiro fugia mais de mostrar ou mostrar que sabia que todo mundo sabia porque ele era, assim, mais macho que meu pai. O meu pai já demonstrava mais, pra uns filhos mais íntimos, isso é, as filhas de santo mais velhas, ele contava até as sacanagens que faziam. Esse caso que os dois tinham, que parecia bem um forte caso de homem e mulher, dava força, coragem ou moral, não sei, pro Violeiro fazer o que fazia. Porque tinha silêncio, ninguém pensava em dizer nada de nada pro Violeiro ou de um jeito que chegasse nele e isso fez ele ter sensação de poder, porque o silêncio sobre teus atos te dá sensação que tu mandas, mas a gente sempre esquece o pensamento. E foi. Violeiro e os outros todos feitos de santo, Violeiro com catiço assentado, e nós sabe que exu, pombagira e caboclo protege mesmo, foram roubar e conseguiram. Teve o primeiro, e então ou-

vimos do segundo, do terceiro, do quarto. A polícia subiu o morro depois de anos, pois não sei se sabes, mas alibã aqui subia antes na época do Gomes, o outro governador, depois que ele saiu, isso parou e pudemos viver em paz, assim, foi aí que a favela cresceu, meu matuto, vês tudo isso?, esse amontoado gigantesco, foi nesse tempo, metade de setenta e todo os anos oitenta, quando virou pros dois mil, então, foi que lotou isso aqui e agora é um, como diz, não, lembro... complexo, isso, pois bem, virou complexo, virou uma montanha de casa, só não terreiros novos tivemos, isso foram poucos, o terreiro de umbanda da minha irmã de sangue veio em noventa e três, a umbanda da Gina. Bem, a polícia subiu o morro quando a fama do Violeiro atravessou o asfalto, e foi o arerê. Uns deles – dos violeiros – morreram, acho que mais de quatro ou até cinco, tudo pipocado. O Violeiro não, ele e os que sobreviveram mataram uns três alibãs. Tempo de mudança. O terreiro de meu pai Sérgio estava era ficando lindo, aumentou, construiu quartos de santo, ele ganhou de Cadú roupas finas, joias, ouro, sapatos. Dizem que Menina, a pombagira do meu pai, até ganhou uma roupa que hoje valeria uns vinte mil. Foi. Tudo com dinheiro de assalto e roubo. Pois foi. Um pouco depois, Violeiro, que não era besta, foi se aconselhar com a dona Menina e ela falou para ele para se reforçar. Ele foi até o Pó. O dono lá, na época, era um tal Axogum. Não sei direito o que foi que eles trataram lá, não entendo tanto de bandidagem, eu entendo de orixá, meu fio, isso eu entendo. Mas sei que o Axogum batizou o Violeiro, acho que é assim que dizem, e arrumou armas pra ele. Digo isso porque quando a polícia voltou e viu as metralhadoras, não subiram mais o Topão e passaram a fazer acordo direto com o Violeiro. Essa noite é famosa, eu sou uma das poucas vivas que têm lembrança. O Violeiro chamou todos os ogã do Águas de Prata. Ele foi o homem com mais lábia que já conheci na vida. Também, do santo que era. Porque os ogãs foram mesmo, igual em guerra. Os mocotó, os matuto, os nino tudo. E enfrentaram os alibãs.

Então veio o menino. Minha irmã Laureta de Ogum, uma das mais velhas ebomi do meu pai. Não era minha irmã de barco, a feitura dela veio depois da minha, mas era bem antiga mesmo. Era a filha de santo que cuidava das coisas da dona Menina, ficava com cigarro e bebida e taça e flor e boneca nas mãos, para lá e para cá, atrás da pombagira, mas não era equede, era escolhida mesmo, a Menina gostava dela. Quando Laureta tinha cinquenta anos ela engravidou. Dizem que foi de um primo, de um pouco menos de idade, porque se viam sempre no forró do Barrão e o povo viu muitas vezes os dois dançarem colados. É o que dizem. O certo é que ficou pejada, mas não revelava o pai. A criança nasceu, um menino. Laureta estava feliz, uma vez eu e ela conversou numa festa da Roça, feliz, feliz, ela estava, sim. Pois, não é que um tempo depois ficamos sabendo que ela deu o menino para meu pai Sérgio? Pois é. Meu pai era danado. Passou a criar o menino e, logo depois Cadú, que já era um bandido respeitado, porque agora vendia mais droga e não fazia mais taaaanto roubo e assalto, e tinha tempo que não matava também, ele foi morar mais meu pai na casa de Onirá. Viraram caso de vez, ou melhor, viraram caso público. Agora não escondiam nada de ninguém. E o meu pai foi ficando cada vez mais tralálá, usava torso dia e noite, pintava as unhas de corzinha clara, fez as sobrancelhas. Mas que isso tem de ver com a história dessa Pombagira, essa bandida, essa marginal? Que foi minha irmã de santo mas não posso esconder e negar, foi uma marginal? Porque meu pai Sérgio e o filho dele, o ogã Olegário, tem mais dedo nessa história que tudo E Andrea estaria escutando como se fosse a voz de sua mãe Lara contando ou recontando a história ou parte da história do terreiro, como havia ocorrido na sua iniciação, no terceiro dia, quando a equede entrou e contou como ali havia sido fundado por uma escravizada que tinha a mesma qualidade de Iemanjá que ela e todo um percurso até que chegasse em nomes que ouvira agora de Luzia, como Cadú de Exu, pai Sérgio de Iansã, mãe Cassilda de Oxóssi, mas não escutaria sobre crime ou saberia ou poderia imaginar que haveria crime envolvido com a história do terreiro e dos terreiros que descendem dele como o do finado pai Sérgio e pensa, enquanto continua escutando ela pensa, que se pensara em crime e quando pensara em crime pensara junto com a imagem de Titânia (Pombagira, Demônia, Diaba) e se sente culpada, enquanto continua escutando, pois havia essa figura de homem que ainda conheceria direito e ainda iria saber (enquanto escuta, ela ainda não sabe) que Quitungo era uma palavra bantu para "demônio". E pensa (enquanto escuta): Luzia fala com mais raiva dela do que dele *E vou te contar outra história: eu ajudei a cuidar de Olegário. E vou dizer é a verdade mesmo, não vou mentir para ti, não, meu bom. Olha, ajudei meu pai também a ele ter a criança, se é que tu me entendes. Quando a Laureta apareceu grávida ele já ficou com vontade. Ele queria filho, sempre quis filho e queria que alguma coisa fizesse o Cadú ficar de vez, como se eles fossem homem e mulher e um menino, ah, um menino ia ajudar direitinho do que ele queria. Então foi e fez, eu junto com ele, uma cabeça de cera com cérebro de porco e arriou no pé de Oxum pedindo para que a criança fosse dada pra ele. Laureta deu e por mais que ela falou que estava velha, que já tinha dois filhos velhos e que não podia criar criança, por mais que falou isso, eu sei que foi o fuxico que meu pai fez – com a minha mão porque eu sou de Oxum – a Laureta entregar o menino de bandeja pra ele. Mas ela não deixou de olhar. Ela, como filha de santo da casa e uma filha de santo antiga que tinha participação em muitas coisas, não deixou de ver o matuto crescer. Mas quem criou mais fui eu mesma. O meu pai queria a criança mas não queria aprender a criar a criança então fui eu que troquei a maioria das fraldas e ensinei meu pai a trocar, onde limpava, como dava nó, dei mamadeira até não querer mais e também ensinei meu pai como fazer e medir a temperatura, como que pega a criança no colo, ensinei por que choro assim é assado e choro assado é assim. E o Cadú, que já era morador da Roça, não ajudava muito porque, como eu te falei, ele era mais macho que o meu pai. E ficou assim muitos anos, o menino foi crescendo como criança de terreiro. Fez a cabeça com uns três anos, foi apontado ogã e depois confirmado, começou a aprender a tocar o couro, fez ciúme nas outras crianças – e em uns adultos também – porque filho carnal de pai de santo ou mãe de santo sempre tem privilégio que os outros não têm e isso causa ciúmes mesmo. A mãe Zilda vinha muito na Roça – a mãe Cassilda já tinha morrido – e acompanhou muito também. Ela virou madrinha de Olegário. Deu para ele o primeiro par de aguidavi. E assim foi indo. Quando esse menino já era grande; assim, grande mas meio criança. Pré-adolescente, isso. Quando Olegário era pré-adolescente, ele via o que o pai era, o Violeiro, que já era dono disso tudo aqui, porque ele tinha ponto de droga no Topão, tinha ponto de droga no Granjão, no Engenho Branco, no morro todo tinha um ponto de droga dele cheio de homem armado até os dentes, os alibãs não subiam, eles rondavam, lá em baixo, no Barrão, no Parque Barrinha, no Aliança, nos bairros altos, eles rondavam, mas não entravam na favela como vinte anos antes. Pensa a cabeça desse menino, que não é só porque ele me contava, não, mas eu via os olhos dele quando falavam no pai, pai isso, pai aquilo, os olhos desse menino brilhavam igual pedra de rio. Ele sabia o que o pai era e o que o pai fazia e o Violeiro, que mais se preocupava com isso que vou dizer, fez questão de cuidar sozinho dessa parte da educação, que era a macheza do menino. O Violeiro, o Cadú, tinha medo do menino crescer xibungo. Ele queria que ele fosse* **bandido** *também. E como meu pai ou eu – que mais criava esse matuto – ia fazer alguma coisa? Quem fazia alguma coisa? Ele levou o menino para o crime de dentro pra fora.*

Quando então o Cadú começou, um passeio hoje, outro passeio depois de dois dias, assim, começou a levar o menino a gente – meu pai e eu – não sabia aonde. Depois a gente soube e soube que, de primeiro, ele levou o menino em lugar de criança rica, levou lá em Cidadela, no centro, levou em brinquedo, levou em shopping center, no primeiro shopping center que abriu, porque a gente fala aqui da segunda metade dos anos oitenta. Levou o matuto pra comer, levou pra parque, levou pra parte norte. Fez de um tudo. Porque ele queria atiçar o menino, queria mostrar o que o dinheiro pode fazer, porque o Olegário começou a entender o que deixava o pai dele fazer tudo aquilo com ele sendo que eles moravam num terreiro dentro de uma favela. Depois, não demorou, não, o Cadú mostrou pro menino a origem. Porque a pergunta deve ter vindo na cabeça do Olegário, ele deve ter feito a conta, colocado favela, pobreza e simplicidade e macumba e dinheiro, muito dinheiro e acesso em coisa de rico nesse cálculo, um cálculo que não ia bater nunca. Imagino como que foi a cabeça desse matuto. E eu e o meu pai fomos cada vez menos tendo controle, se é que a gente teve controle ou que meu pai teve controle algum dia. A gente foi vendo menos e menos o menino, menos e menos ele ficava na Roça, e o Cadú levava ele pra esses passeios aí muito de noite, sempre saía com o menino de noite. Tudo fedeu no dia que a gente descobriu que chegou no ouvido do Cadú que abusaram do menino.

Foi numa quarta-feira, eu lembro, dia de amalá, tinha muito filho no terreiro, tinha uma cliente do meu pai, inclusive. A gente 'tava no barracão e chega o Violeiro, fica de canto, assim, encostado na parede e espera o meu pai terminar a reza de Xangô e então chama ele de canto e o meu pai arregala o olho, assim, desse tamanho, quando escuta o que ele fala. Então eles começam a sair, sem falar com ninguém, sem explicar nada, só meu pai Sérgio se virou pra mim e pediu pra eu ir com eles. O Cadú também 'tava possesso, contou quem tinha contado, assim, insinuado, eu digo, insinuado pra ele, e tinha sido o próprio Olegário e o meu pai então começou a desconfiar um pouco, que eu vi pela cara, porque o Olegário já 'tava muito grandinho pra não se defender – tinha acabado de fazer dezessete anos – e *que às vezes era gosto e o cabruxo lá do Cadú não era um velho babão mas meu pai não falou porque ele sabia que o Cadú não ia concordar e o rio podia se voltar pro lado dele no estado de nervoso que 'tava o Cadú. Então, depois que eles falaram sobre isso – que foi em um canto lá no pátio da Roça mesmo, a gente nem subiu pro quarto do meu pai –, o Cadú começou a querer saber a solução. E meu pai disse pra expulsar do bando o que abusou, que como chamava na época era bando mesmo, essa coisa de quadrilha veio depois e muito por conta dos jornais e dos noticiários, mas Cadú não queria expulsar, queria matar, porque o jeito que* **bandido** *lida com isso era matando. Eu dei a opção de tacar o feitiço nele mas nem fui ouvida.*

(– Mas não, não, meu filho, Lara passou a dizer, O Quitungo nunca teve caso algum com homem, isso sim é uma mentira que existiu uma vez e que eu escutei, mas ele não teve. O Quitungo sempre teve coisa com mulher, cis ou trans. Escondido, mas mulher, nunca homem. E Luzia tem fama de contar causo demais, cada história tem um monte de história pendurada e ora ela conta como conto da carochinha, ora ela se embanana toda. Apesar que tem sim essa história de abuso, pensando bem. Uma vez, quando iaô ainda, escutei o tio Sérgio falando alguma coisa desse tipo com minha mãe Zilda. Que Olegário tinha sido abusado e por isso teve o trelelê com a Carola, que foi esse o único caso amoroso do Quitungo com travesti e que todo o morro ficou sabendo. E foi no auge da conquista dele, porque ele herdou tudo o que era do pai, dofono. A história de bandidagem, morro e a Casa existiu? Existiu, mas tem que ser bem contada. Não é assim, de qualquer maneira.

Tu saberias de um jeito outro dessa parte do passado e como foi da minha gestão a mudança disso, porque, verdade seja dita perante Orixá, eu subi em um trono que tinha sido corrompido. Há anos que não tem relação de tráfico ou criminoso com a casa de Sessú, não que não tem uns que trabalham com isso, isso tem porque estamos no topo de uma das maiores favelas do país, mas não tem mais uma relação direta. Isso eu não mantive. E digo mantive porque, infelizmente, foi criado desde minha mãe Cassilda. Minha mãe não fazia distinção no que fosse conforme o que Orixá queria. Não importava mesmo. Quando Orixá quis que o finado Cadú de Exu fizesse santo e fosse do terreiro, ela foi e fez. O que o Cadú fez depois, toda a articulação de ogã daqui, da Roça, e de lá do finado tio Sérgio, tudo isso que ele fez, bem, ela não deu baixa, ela não brigou, ela deixava, porque minha mãe foi a mulher mais fiel e crente no Orixá que eu já vi na minha vida. Mãe Cassilda deixava porque o que Orixá tinha pedido ela já tinha feito. E, nos diários dela, ela escrevia que sentia, querendo ou não, uma sensação de guarda, de proteção, porque sempre teve policial rondando esse morro, ainda mais lá no Barrão; que antes dela era violento esse aspecto, mas depois que apareceu o Violeiro isso parou. Ela era articulada, talvez tenha sido a mais articulada das gerações da Roça, eu acredito que ela via o crime e a venda de droga que dava uma força como algo natural de surgir em uma favela oprimida como o Oroguendá, como uma defesa natural de qualquer um que sofre um ataque contínuo. E também não dá para dizer, e eu também nunca vi, crime aqui dentro ou no terreiro do finado tio Sérgio. Esses homens que se diziam **bandido**s sempre agiram como ogãs, como gente de Orixá, faziam tudo normal, pegavam folha, ajudavam a capinar, ajudavam nos orôs, entendiam de cantiga e fundamento, tinham cargos. A Casa de mãe Sessú, meu filho, teve assobá, balogún, ojuobá, ogãs que eram **bandido**s, essa a verdade e uma verdade que não dói, porque faz parte da história. Eu sei que no terreiro do meu finado tio Sérgio era mais embaixo essa barra porque ele aceitava coisa, presente, ajuda dos meninos. No tempo do Cadú de Exu, que tu viras chamavam Violeiro porque sempre tocou viola nos sambas, e no tempo do filho dele, o ogã Olegário, também, mais ainda até. Se desceres no Iyá Onirá agora e entrar no quarto de Iansã verás um tacho de cobre gigantesco no igbá de mãe Iansã de finado tio Sérgio, quem deu foi Olegário. Finado, *finado* Olegário. Festas e festas, banquetes para dona Menina, banquetes para mãe Iansã. Bem, tu entendeste. Aqui para cima era diferente, sempre foi diferente. O Águas de Prata, meu filho, é uma raiz, eu sei que já te falei isso, mas sempre é bom reaprender, que a raiz *chama* Águas de Prata, a nossa casa sempre vai ser mais tradicional, a mais tradicional que aquelas que descendem daqui. Então, nem mãe Cassilda e nem a mãe Zilda também aceitaram alguma vez alguma coisa, objeto ou não, que tivesse vindo de crime ou de venda de droga; e isso de crime, de morte, de sequestro que a Luzia te contou foi nos anos setenta, tu tens de entender para essa tua pesquisa aí que ela confunde as datas, às vezes ela fala de oitenta falando de setenta. A maior parte das guerras, porque isso teve também, infelizmente, foi por conta do controle da venda de droga e também entrou a história de facção, porque tinha isso, Olegário era de uma facção e o nosso finado ogã Venâncio, depois que foi preso e lá na cadeia de Ponta Grande, entrou para outra facção, o famoso PCC, lá de tua terra, meu filho. Saiba, não foi Enseada que foi atrás, não, o PCC veio como vírus, quando vimos tinha em Belém, na Paraíba, na Bahia, aqui. E sempre pelas cadeias. Hoje não é nem um nem outro, agora é esse crente sargento que vem quase todo dia querendo entrar na nossa onda.

Sempre teve coisa com as mulheres, porque igual ao pai, o ogã Olegário gostava de baile e de bar, sempre birita, carne, arma. Só que poucos casos foram assim, às mostras, nisso ele também era igual ao pai. Porque foi como a Luzia te contou, que o finado Cadú, no começo do caso dele com meu tio Sérgio ele deixava escondido, e até o meu tio Sérgio um dia ia esconder alguém, mas não um caso, a Titânia, porque se alguém perguntasse para ele se ele tinha uma filha de santo travesti ele ia dizer que nem sabia o que era travesti, mas que ele tinha viado, que viado já estaria normal já. Porque ele era assim, se tu ir atrás de mais gente pode ser que tu ouças, ele era uma peste, meu tio Sérgio. Que depois foi assumido, sim, foi, igual a Luzia te contou, mas depois que o meu tio adotou o Olegário. E teve um caso do Olegário que foi assim também, quando ele viu que amava ou quando ele viu que era um dos maiores negócios ele assumiu também. Que foi a Carola, uma travesti muito forte que existiu nesse lugar. A Titânia não só trabalhou para ela mas foi amiga pessoal. Quando Olegário teve caso com ela a Titânia ainda não tinha feito transição, ela estava no exército ainda, se não me engano, porque foi no início dos anos noventa, nós nem éramos nascidos. Assim, dofono, eu te contei agora um pouco de como se deu relação de terreiro e crime, certo? Mas, para te explicar direito e tu não registrar nos teus papéis mentiras ou inverdades, te digo, ou melhor, te conto que não é o crime o que matou a Titânia e os outros envolvidos na história da guerra de 2002, é o que eu venho tentando mudar na Roça, é o quê do homem e o quê da mulher. É mais caro o sangue que é derrubado por uma mulher. Foi isso que matou a Titânia, ela ser uma mulher –)

Lara de Iemanjá estava sentada em um dos bancos de ardósia do barracão, magra e comprida, os pés esticados, as pernas sobrepostas, as mãos com dedos cruzados sobre o pano da costa simples, de lese. O barracão estava iluminado, uma nesga de sol da tarde se espraiava pela porta até próximo do ariaxé. Assim Andrea (sendo ele ainda) a encontrou depois que ela (Lara) chamou pelo telefone; uma mensagem de áudio, tom de voz bravo e nervoso, e uma dúvida: o que Andrea estava indo atrás de ebomi de finado pai Sérgio para querer saber de uma história que devia estar morta. Quem o havia autorizado? E Andrea ia se defender como uma pessoa iniciada em Iemanjá (como a mãe) e alegou ter sido por causa dela (de mãe Lara) que a história da travesti chefe de quadrilha ficou em seu coração, como um algo que pulsa mas que não se explica por que pulsa, pela repetição, de quando mãe Lara a contou (a história) inteira em um café da manhã de um dia em que louvariam e fariam orô a Egúngún e que nesse dia e nesse orô ela (a mãe Lara) faria algo ao espírito da Titânia como ela (Lara) confessaria para ele (Andrea) mais tarde; de quando mãe Lara, noutro dia do período de quelê dele (de Andrea), repetiu uma parte da história que não tinha incluído na história inteira e de como quando ela (Lara) fazia questão de dizer que Titânia representava uma figura e que nessa volta que deu atrás de depoimentos descobriu que não era mãe Lara a única travesti ou trans que lembrava da figura e que pintava Titânia como ídolo (...*O que ela fez, em pouco tempo, muito pouco tempo, foi ser maior que muitos homens dessa favela. Ela teve coragem. Titânia foi uma mulher com muita coragem. Gostem, não gostem. Pegar essas meninas da rua, tirar desse trabalho e dar poder na mão delas? Eu acho revolucionário. A trans recebia um salário de três mil de primeira e uma arma na mão. Trans, bicha, sapata. Todas. Quando é que tu escutas notícia de travesti que bateu de frente com* **bandido** *velho e virou dona de boca, mais: dona de uma* parte *do morro, porque nesse um ano e um tanto todo o Parque Oroguendá foi* dela, *e onde se escuta isso? Se escuta "travesti foi morta", "travesti assassinada", "travesti apanha", "travesti sofre". Essas são as notícias sobre travesti nesse país. Então aplaudo, sim. Ela nunca me fez mal. Nunca tive problema com ela. Titânia, para mim, foi fogo necessário...*) e o porém é que mãe Lara continuaria sua baixa porque era ialorixá do Omi Dúdú, um trono que não permitia um qualquer deslize de rumbê e ele (Andrea) escutaria, de ori baixo, de jocô, olhando o chão. Escutaria as palavras e o porquê um (ela sendo ele ainda) iaô não pode ter tanta independência assim e ir falar com ebomis e gente mais velha de santo da mesma família, ir na casa deles, quando quer, que a questão foi ele (Andrea) ter ido falar com Luzia de Oxum, esse o grande problema. E escutaria, até Lara se acalmar, e veria (a Andrea), como um vídeo, sua vinda de São Paulo, o avião cinza e quente, o aeroporto sombreado que guardava o dia ensolarado e forte, o céu esverdeado de Enseada e os ônibus de outra cor, os táxis (poucos) de outra cor, a gente, diferente do centro de São Paulo, de outra cor e a ida até o hotel e os dias que lá iria passar até conhecer o candomblé de ouvir dizer lá ter uma vila, uma pequena vila, e que o terreiro secular de candomblé ficava na favela que um dia teve outro nome e o nome bateria com a verdadeira vila de origem de sua avó e que então poderia enfim encontrá-la. E pensa (a Andrea) que não a encontrou, mas conheceu o rosto do que a antecedia, porque vinha sendo um alguém que nega tudo, um alguém com muitos buracos sem nada e que não procurava preencher os buracos com um objeto de mentira que fosse, logo não enfeitava o que era raça para ela, não enfeitava o que era ancestralidade e, então, pensou o que que não estava enfeitando naquele agora em que procurou a história da Titânia (Pombagira, Titão, Diaba, Demônia) pois não saberia, (sendo ele ainda) pensou, o que realmente o fez ficar obcecado com a história, a *qual* o buraco sem objeto de Titânia que ele tinha se colado.

Porém mãe Lara se acalmava enquanto falava e ele (Andrea), escutando, notaria que ela dizia como se conheceram, a primeira voz, tom de professora de primário como pensou ao ouvir. E quando terminasse, enfim, daria uma pausa, olharia o iaô de jocó e levantaria seu queixo com o dedo, sem dizer, sem permitir, apenas olhando, e ele (Andrea) ainda teria olhos de quem estava perdido. E mãe Lara pediria que o iaô contasse o que ouviu e como ouviu. Como encontrou ebomi Luzia de Oxum. Que queria saber como Windson e Juma foram achados, que não sabia que ainda estavam vivos (*...Ah, História?*

Eu fiz História também, mas foi pela Fotografia que me apaixonei e, se eu pensar bem, por causa dela também que eu ainda tenho registro do rosto dele...) e o iaô iria contar, sem esconder e dessa vez olhando nos olhos dela (Lara), de mãos sobre os joelhos, lembrando enquanto diz, de como ele encontrou notícias de jornal dos anos 2000 e uma matéria de tevê sobre um roubo a carro-forte na internet e que disso achou nomes e ao procurar sobre os nomes encontrou fotografias autorais de Windson e que ele foi o primeiro que ele (o iaô) foi atrás e que ele (Windson) deu o nome e o endereço de Juma *No dia da festa a Diaba foi cedo, ela e o Pombo, foram mais cedo que a gente, que era só convidado mesmo, porque eles eram da casa e em terreiro tem essa coisa que eles chamam de função, um negócio assim. Por isso eu não vi muita coisa, mas o que vi valeu e foi difícil, porque, como eu te falei, eu era amiga dela nesse tempo e fui até o fim e ter visto aquilo me doeu, porque a gente que é trans, a gente sente muito fácil o que outra mulher trans passa, a gente tem uma facilidade de entender. Nesse dia, um domingo, eu lembro muito bem, eu cheguei era começo da tarde, que foi quando começou a festa mesmo, umas cinco horas da tarde. Ainda não era noite, noite, 'tava bem clarinho, mas já não 'tava tanto calor e sol. Esse terreiro 'tava lotado, te digo. Tinha muita gente e tudo gente de terreiro, porque vestido normal, assim, só eu, Windson, Lombra, os meninos, te digo, o resto tudo 'tava com roupa de santo. Essa parte até foi tranquila. A gente ficou assistindo a festa. Mas aí tem uma hora que pausa, não é, e nessa pausa aí que o bicho pegou, meu querido. Os santos tudo veio no povo e na Diaba também, porque é isso, a*

Diaba dava santo. Era de Iansã, não sei se já falei. Ela 'tava virada no santo lá no meio do salão e antes da pausa mesmo eles levam os santos para vestir e lá foi o Pombo cuidar da Diaba – virada de Iansã, bom lembrar. Levaram os santos e a gente, que era visitante, ficou lá fora, conversando, fumando. Isso enquanto o babado acontecia lá dentro, onde levaram os santos e onde trocavam eles. Quando saíram, já na festa de novo, com o tambor tocando, assim, que a gente ia ver, pois a Iansã da Diaba entrou na festa de calça! Enquanto as outras, porque tinha outras Iansãs e tinha outras santas também, elas 'tavam tudo de saia, meu querido, mas todas as que 'tavam tomadas eram rachas, então é até muito claro. E mais, que também acho que é importante falar, a Iansã do pai de santo não 'tava de calça, não. Guarde isso. O Pombo 'tava com a cara desse tamanho e era por causa disso porque quando ele se achegou da gente que continuava assistindo ele contou que não era pra terem feito isso pois ele tinha prometido pra Diaba que ele ia arrumar a Iansã bonita e com a roupa – a saia – que a Diaba tinha mandado fazer mas que uma tal Teresa Lúcia entrou lá onde eles 'tavam trocando os santos e colocou calça na santa [Ele fez o laço corrente nas costas e no torso, enquanto a mulher ajeitava o restante da paramenta. Nesse momento entrou equede Teresa Lúcia, apressada, esbaforida, o torso frouxo, queria verificar como estava nesse cômodo. Ela então se deparou com Titânia e exclamou, *Que que isso?*, *Pois não, mãe?*, *Tu tens de ver com isso, ogã?*, *Isso o quê?*, *O pai não deixa santa de...*, *Santa de...?*, *A santa de Titânia não pode ir pra sala de saia, tu sabes isso*, *Quem foi que disse? A senhora não viu ela de saia no barracão?*, *O pai Sérgio não deixa, ogã, não tem conversa. Troques ela, coloques um bombacho, Não vou fazer isso, não, mãe equede, Por quê? Como assim?, Se a senhora quiser, a senhora faça.* A equede bufou e olhou Pedro sair vermelho do cômodo com o cigarro apagado na boca. Andou até perto de mãe Iansã, ela estava como antes, serena, as mãos respaldadas sobre os joelhos. Pediu agô e a santa obedeceu] *e assim ele disse e eu perguntei, eu e o Windson. O Pombo não respondeu, ele fez cara de contrariado, como se a gente tivesse descoberto um segredo, não sei. Mas o Lombra quis saber e depois o Cajú, que acabou perguntando também, e o Pombo ia dizer que era o pai, que o pai de santo não permitia que orixá de uma mulher trans usasse saia e eu fiquei besta, abri a boca, desse jeito, e perguntei como que podia esse absurdo e Pombo disse que era mais normal do que eu podia pensar. E olhei a Iansã da Diaba, a mais visível porque, como eu já falei, ela era muito alta, e lá, toda santa mulher como as outras, de laço na cabeça e negocinho de miçanga caindo na cara, mas de calça. Olha, era feio, não combinava com a coitada da santa. Eu, no lugar da Diaba, tinha ficado brava igual e talvez tivesse feito pior.*

Só que o importante disso que eu te conto é que foi essa calça aí que foi o estopim pra ela – o estopim de até então ser uma frustrada por não ter conseguido ser cafetina. Depois, mais tarde, teve a história da pombagira dela, se bem que eu mesma não 'tava na hora, eu fui chamada depois, por ela, e fui. Só que essa transfobia – porque não deixa de ser isso – fez ela querer fazer tudo, virar bandida de vez, ter chamado ou ter falado com a pombagira foi só pretexto. Na minha visão, te digo. Porque foi depois dessa festa, o roubo

*do carro-forte aconteceu uns dias depois dessa festa, então
ela fez por vingança, foi uma vingança contra o Quitungo
porque também seria contra o pai de santo dela, que era
quem ela passou a mais odiar na vida. Sim, ela ficou transformada, esse dia mexeu com ela profundamente, te digo,
porque ela voltou a ser a Diaba da avenida rapidinho e
deixou de fazer concessão. Foi contra o Quitungo, porque
quando a festa acabou, assim, digo, a festa de santo, porque
começou depois a festa normal, com comida, o que eles
chamam de ageum e é como na linguagem travesti, que é
comida mesmo, bem, pois quando acabou tudo e a Diaba
voltou a si e ficou sabendo que a santa dela ficou vestida a
festa inteira de calça, ah, meu querido, ela incorporou de
novo, mas dessa vez um diabo. Ela saiu louca de onde ela
'tava, só de calça – igual a Iansã antes – e bata e turbante
na cabeça, foi até uma tenda, assim, que tem lá do lado de
fora ou tinha naquele dia porque era festa, onde ficava um
mesão comprido com os mais-mais, igual o Pombo foi me
explicar mais tarde, que só sentava pra jantar naquela mesa
quem tivesse patente na macumba, porque na macumba
tem essas coisas também, como todo lugar que tem um ser
humano, como na avenida tem também, na prostituição, ou
não existiria cafetinagem, porque é a tal da hierarquia,
sempre tem que ter uma espécie de hierarquia em qualquer
relação. Lei da selva. E sei que ela foi até o mesão e fechou
o tempo, meu querido. Lá 'tava sentado o pai de santo, é
claro. Ela foi e começou a questionar, o peitão balançando
e a voz dela que todo mundo conhecia de quando ela 'tava
brava, que não era ninini, de mulher, era vozão:* Que que
foi que tu puseste minha Iansã de calça, viado? *Desse jeito.*

E foi boca de confusão. Quem 'tava no mesão levantou, o Quitungo apareceu rápido que nem um foguete porque ele deve ter escutado a Diaba xingar o pai dele, todo mundo deve ter escutado, porque ela berrou. E eu vi, todo mundo viu, o Windson, o Lombra, o Cajú e o Pardal, que 'tava ali em algum lugar, viu também, o pai de santo, que era um senhor baixinho, uma maricona, porque era bem viado, mas muito idoso também, devia bater na cintura da travesti, o coitado, se levantou – pareceu – e começou a apontar o dedo para ela e falar bem bravo, mas a gente não conseguia escutar direito. Só que deve ter sido feio porque a Diaba virou um tabefe na cara do velho. Aí foi, matuto, que o diabo pegou fogo. Pelo jeito, na macumba a hierarquia é brava, é uma regra que todos eles seguem. Lembra que te contei que, mais tarde, quando a Diaba já 'tivesse bandidona, o Quitungo não poderia simplesmente ir lá e matar todo mundo para impedir porque tinha uma coisa de santo no meio, porque a Diaba ia ser protegida de Venâncio e que Venâncio era tocador de tambor nesse teu terreiro, o velho de lá de cima, no Topão? É por conta da hierarquia, e tu deves saber disso, o Venâncio era mais velho que o Quitungo e parente na hierarquia, o Quitungo não podia simplesmente matar ele como na língua do crime. Então imagine o que não deve ter sido esse tapa que a Diaba deu no velho pai de santo, que na festa, é bom lembrar, comemorou setenta anos de santo. Juntaram em cima dela como se fosse um bando de travesti em cima de um cliente que não quis pagar. Daí não dava para a gente saber quem era quem, quem era da casa ou não, e eu não podia saber, porque só conhecia alguns dali, mas puxaram ela para o gramado e empurra e grita e ela responde alto, gritando, e ela sendo mais alta que todo mundo menos o Quitungo, que sempre foi um dos únicos que podia bater a altura dela. E ele 'tava nessa muvuca, e um dos que mais 'tava xingando e discutindo com a Diaba e quando eles andaram mais um tanto no gramado a gente conseguiu ver que eles 'tavam expulsando ela e foi também quando o Windson e o Lombra viram que o Pombo 'tava na confusão e que também 'tava discutindo com o Quitungo – o pai de santo tinha sido afastado da confusão, mais tarde o Pombo ia me explicar que tinham medo que ele fosse passar mal. A gente andou até lá, eu, o Windson, o Lombra e o Cajú e o Pardal surgiu também, 'tava de cigarro na boca e olhar de quem não 'tava entendendo nada e ele se meteu mas mais ou menos, eu digo, porque ele não defendeu, defendeu a mulher dele, na verdade, defendeu foi nada, não apontou o dedo ou gritou com o Quitungo, ainda mais sendo envolvido com o crime também, porque se fosse eu, se eu fosse um homem e visse um outro homem gritar com minha mulher daquele jeito na frente de todo mundo e chamando de traveco, mas eu ia acabar com a cara dele, mas o Pardal, não, não se meteu muito, ficou igual cancela tentando separar. Quem segurou ela foi eu e o Pombo, a gente pegou, cada um em um braço, e foi afastando ela enquanto ela e o Quitungo se xingavam. E ele gritava Tu 'tais é maluca, variada, de bater no meu pai, ninguém põe a mão no meu pai assim, tais se achando porque voltou e voltou traveco que podes fazer igual faz na zona, 'tais variada? *e ela gritava à altura* És tu, teu corno, olhe como falas comigo, ridículo, que ele colocou minha santa de calça enquanto a dele pode ir de saia, é um folgado, velho folgado, Olha essa boca, fio, olha essa tua boca, não fale desse jeito do meu pai, Ah, vai lamber ele, teu travequeiro. *E aí foi, ele quem revidou o que queria revidar, foi e virou uma lapada com aquela mão de pandeiro na cara dela. E ela se fugiu do controle da gente, voou em cima do bofe e unhou a cara dele e lá foi eu e o Pombo segurar e separar a Diaba do Diabo, mas aí o Quitungo já tinha sacado a arma da cintura e posto na testa da bicha. E foi mais gritaria e boca de confusão naquele gramado, uma exaltação de nervos geral, todo mundo ali nervoso, como se tivesse acabado com a festa de vez. Mas a gente conseguiu arrastar ela, em puro ódio e fúria, cega de ódio e de fúria, até lá fora, fora do terreiro. E já era noite, noite fria, coisa rara nessa Enseada. A gente começou a descer a favela, sem direção mesmo e em silêncio, como se tivessem todos digerindo o que tinha acontecido. O Pardal não parava de fumar e não saía do lado dela, mas não tocava, não falava, não mexia; o Pombo se grudou com o bofe dele e também ficaram andando quietos; eu fiquei quieta só olhando e só o Lombra e o Cajú ficaram conversando baixinho mais na frente. Parecia que a gente 'tava voltando de um velório, matuto. Até chuviscou agulha, assim, que também é raro nessa Enseada, porque tu deves saber, já que não és daqui mas deves saber porque deve aparecer nos jornais, na tevê, lá em São Paulo – é de São Paulo que tu vens? – que Enseada é lugar de seca, que no interior e lá no norte do estado ou até perto do Centro Histórico não é difícil ver, tem aquele solo seco, rachado com esqueleto de bicho que morreu ali de sede. Esse é o clima de Enseada do Ariwá, tu deves ter percebido. Há quanto tempo que tu estais por aqui? Ah, tu vieste fazer santo, então no terreiro que tu*

escutaste a história dela? Ah, conheço ela, essa mãe de santo,
não pessoalmente, mas já ouvi falar bastante e vi na internet
umas coisas, parece que ela luta pelo direito das trans na
macumba, não é? (– Eu estava numa padaria, dofono, foi
uma padaria lá no Parque Barrinha, onde ela mora e onde
tu foste, eu fui atender uma cliente, tinha que dar um ebó
na beira do rio com ela e tinha que ir na mata e lá fui eu,
cumprir e ganhar o ouô. Quando eu entro na padaria e
vou até no caixa para comprar o cigarro eu vejo essa travesti, linda, de vestido de tigre colado, um bundão, um
peitão, mas de cinturinha, bracinho fino, e um cabelão
armado e com luzes e um rosto muito forte, o nariz pe-
quenino, feito, bocão e as maçãs do rosto altas, também
feitas e de óculos escuros igual uma estrela de cinema, em
uma padaria do Barrinha às oito da manhã! Eu fiquei
apaixonada. Foi a única vez que tive uma interação com
a Juma. Eu disse que ela estava muito bonita, ela agradeceu
e me olhou, viu que eu era travesti também e saiu, como
se fosse um espírito assim e só ficou o perfume. Me es-
panta tu dizeres que ela se abriu assim pra ti. Ela queria
desabafar, então, desabar mesmo–) *Se parecia um velório?*
Parecia um velório; um enterro, na verdade, e a enlutada
era a Diaba, sendo conduzida pelo bofe, pelo Pardal. Mas
já era uma união feita pela vida, que foi como eu te contei,
parecia que a vida queria que acontecesse do jeito que acon-
teceu, por que que 'tava logo a gente ali descendo igual en-
terro, logo a gente que depois ia fazer o que ia fazer, pela
Diaba, por ela, ou pela pombagira dela, que é ser por ela
também, porque eu já vou explicar, quando chegar nessa
parte da história; que eu não acredito muito mais, não

acredito mais na pombagira dela, acreditei, claro, muito e por muito tempo, mas depois aconteceu tudo e o tudo foi uma tragédia, muita desgraça e aí não pude, meu filho, não pude acreditar que no que aquela pombagira prometeu, toda a glória, o axé, o sucesso, era aquilo que aconteceu, ou ela quis matar a própria filha?

Dizem – o Pombo – que a pombagira – a Maria Faceira – era da mãe dela e que ela – a Diaba – herdou, porque na macumba também tem isso aí, as pessoas herdam algumas entidades dos pais, dos avós. É que eu nunca fui atrás e quando fui em terreiro foi só em festa mesmo, porque não sei se eu não herdei também alguma coisa, talvez até da minha avó, que a família inteira diz que ela era bem macumbeira. A Diaba herdou da mãe, porque foi a Tânia quem a pombagira acompanhou e que talvez até por isso a Tânia gostava de ir tanto para baile. E a pombagira deve ter assistido a criação de Diaba, o tudo, desde quando um matutinho magrinho ficando doente e indo pro terreiro fazer santo e o jovenzinho afeminado que perderia uma parte da alma quando perdesse a mãe e ficasse só com o pai, o pai envergonhado, diferente da mãe, que não via problema em ele ser afeminadinho, na verdade ela nem via isso, mas o pai, o pai via e via com nitidez e não escondia que não suportava aquela feminilidade, como também detestou na esposa ao longo do casamento, arrancando qualquer feminilidade da Tânia aos pouquinhos e o jovenzinho indo para igreja direto e acreditando que deveria ser um retinho, homenzinho, da igreja e só da igreja, sem macumba – e foi aí, por essa época, que ela largou o terreiro do pai de santo dela –, e assim até achar que era homem mesmo e ir para o quartel vestir farda e andar reto como reta 'tava a mente, imagino que ela viu tudo, ela acompanhou tudo, do jeito dela, do lugar dela que sei lá onde que fica e mora as entidades também. Uma pombagira ruim, mas um ruim bom, eu digo ruim de admiração, pelo menos na época que eu ainda acreditava nela. Ruim porque conseguia ter a personalidade mais calma que a da Diaba e isso fazia dessa pombagira uma pombagira perigosa, que te matava na unha, sem precisar gritar e vou bem te falar, parece que, nos tempos da Atlântico, essa pombagira ajudava ela. E deve ter sido bem isso, é inegável, foi a pombagira que ajudou a Diaba a ter a avenida toda pra ela, porque ela – a Diaba – matou a Carola, a cafetina que era dela, cafetina e melhor amiga, e a Diaba matou, com a ajuda da pombagira e quem deve lembrar disso e que ainda 'tá viva é a Jade, se precisares, matuto, eu te dou o telefone e o lugar que ela mora, é algumas ruas aí pra cima. Acho que ela soube desde criança. A Tânia ia pro terreiro junto com a Diaba um menininho ainda, de dia de semana, igual eu te contei e o mais escondido possível, e ela foi esperta nesse sentido porque Tânia não costumava ter amizade com crente e quando era só via na igreja, as suas verdadeiras relações eram no terreiro do Sérgio, do pai de santo. E no terreiro a Tânia, a Diaba me contou, começou a cuidar dessa pombagira aí e a pombagira deve ter cuidado dela, porque mesmo com a saúde muito ruim a Tânia durou até a Diaba ter seus quinze anos.

Mas quando olhei direito pra ela naquela noite eu vi ela – a pombagira –, vi e senti alguma coisa em cima da Diaba, em cima daquela cara de ódio, e era o pior tipo de ódio, o ódio que ela não gritava, o ódio que ela só olhava, os olhos vermelhos onde devia ser branco. E conhecendo ela eu sei que ela deveria 'tá vendo dentro do olho dela a cara de todo mundo, a fuça do Quitungo, a fuça do pai de santo e imaginando que fazia o pior com esse dois. Sim, eu sei. Mas eu fui embora. A gente uma hora chegou no Barrão, quando o rio Onixití já se polui – na época já estava poluído, podre – e virava córrego e tem o pontilhão pra atravessar e a gente passou por onde Pombo e Lombra trabalhavam, que era a Boca da Borboleta, o ponto de droga que mais dava dinheiro pro Quitungo, eu fui descobrir depois. Quando a gente chegou ali eu me despedi, disse que ia pra casa – eu não morava nessa casa ainda, que era da minha mãe, mas morava aqui no Parque Barrinha, sempre vivi por aqui – e fui, fui pra casa. Sem deixar de pensar em tudo aquilo que tinha acontecido, a cena do barraco no gramado do terreiro não saía da minha cabeça. E a dúvida também. Porque eu, como travesti, ter visto aquilo tudo, não é, fez eu ficar pensando naquela violência, porque pra mim é uma violência tu colocar uma travesti de calça usando de regra de religião, ainda que a religião da macumba. Por isso normaliza esse circo desses viados, porque não deixa de ser viado e não passe de um viado mesmo, esses viado que, de barba, coloca um vestido e um salto, passa um batom e diz que é travesti, que é trans. É um circo. E aí tem isso hoje e como que a gente luta. Eu tenho mais de cinquenta anos, eu quero assistir tevê e comer xinxim enquanto penso no passado mas sem levantar pra fazer alguma coisa, porque eu já fiz, a minha geração e da Diaba já fez. Bem, ela fez alguma coisa. Porque se nesse morro surgir amanhã outra travesti dona de boca é porque teve uma lá atrás que capinou esse terreno. E, vês, como nem *ela escapou? Ela que dava medo em todo mundo, ela que é hoje um diabo na boca de todo mundo, porque se tu quiseres, matuto, tu não para só em mim e em Windson, não, tem muita gente que sabe da Diaba, porque ela assaltou muita gente, ela multou muita travesti, bateu em muito viado e deitou com muito homem. Se ela foi amiga? Ela não foi minha amiga, de jeito nenhum. A Diaba era amiga do espelho, foi ela que me ensinou a luta individual, a luta individual, te digo. Por isso não ligo para esse circo de LGBT sei lá o quê, que não é letra, não, que te faz sobreviver na rua, pra hoje ter esse circo de viado barbado de vestido e ainda querer usar o banheiro feminino. Um circo. Eu sou sincera, um circo. Em nossa época, pra ser travesti tu tinhas que ter passado pelo silicone, meu querido, se tu não tivesses passado pela dor de uns cinco litros pelo menos tu não eras travesti na rua, eras um viadinho. Pra hoje ser fácil desse jeito. Pra ficar assim, desse jeito que tu vês agora, foi uma vida, foi uma história para conquistar essa aparência. E ela pensava assim também, tu faz essa cara, ela pensava até pior. A Diaba não tem esse apelido à toa, meu querido. Tinha um cliente que gostava de roubar as bichas, ele ia no fim da noite, pegava duas, três, elas com todo o arô do fim da noite, o saldão, e roubava depois da fazer o programa. Quando esse safado quis fazer isso com ela, se escaldou. Eles 'tavam no carro, indo pro motel, quando ele pôs a arma, desse jeito, em cima do console, sabes, perto do vidro da frente, bem assim, à vista, pra ela ver. Ele não sabia quem ele tinha naquele carro, a mulher que mais odiava no mundo, lembrando que ela era uma pessoa que, já antes de transicionar, tinha cortado os laços com Deus, e por raiva, e depois que*

*tu cortas os laços com Deus, ninguém é mais nada pra ti,
não? Então ele não sabia quem 'tava no carro. Porque ela
tirou o palito do cabelo, sabes, aqueles palitos que as mulheres usavam para fazer coque e prender cabelo, ela 'tava
com um desse na cabeça e ela tirou, com muita prática, assim,
e enfiou, meu querido, no pescoço do ocó, daí ela pegou a
arma do console, se armou, colocou encostado na calça,
assim, onde ficava o pau e mandou o ocó, com o pescoço
igual uma torneira, retornar com o carro e deixar ela onde
ele tinha pegado ela e ele voltou, pra encontrar com uma
penca de travesti que ele tinha roubado. Pois tiraram ele do
carro e terminaram com o bofe de vez. Quem se livrou do
corpo foi ela, porque ela levou e ninguém nunca mais viu.
Essa era a Diaba, ela não deixava barato se tu cruzavas o
caminho dela. Não, não foi minha amiga, eu que fui amiga
dela, porque acompanhei ela depois que quase teve aquele
massacre, das meninas em cima dela, como te contei; acompanhei ela, fiquei amiga, de ir na casa e sair pra vadiação
junta, no depois, com ela já atendendo em casa, na casinha
que ela alugou no Parque Oroguendá, na parte da favela
que ela passou a infância, é bom dizer, ali, na mesma casinha que depois ela ia tomar e fazer a base da Firma, onde
a gente faria tudo o que a gente fez, porque foi a gente, não
adianta fugir, por ela, sim, por ela, mas a gente. Acompanhei
ela em tudo, em todo o depois. E ela 'tava nesse tempo, nessa
fase, quando aconteceu aquilo do terreiro, aquele domingo
horroroso. Ela atendia em casa e tinha acabado de voltar
a frequentar o terreiro, claro, que foi um bafão que depois
ela me contou com detalhes, que ela voltou mas voltou um
travecão, meu querido, então o pai de santo, a maricona lá,*

ficou passado e ficou tratando ela no masculino, usando o nome de homem pra falar com ela, porque ele não gostava de travesti ou, como a Diaba ia me dizer depois, queria ser uma e não tinha coragem. E olha que ela até foi submissa, por uns meses, escutava essas coisas e relevava, porque era o pai de santo dela e ele 'tava velho, ela imaginava que ele tinha feito santo há muitas décadas, que ele teria uma cabeça diferente. Mas tu vês que isso não durou muito, naquele domingo se escaldou de vez. Porque eu fiquei pensando nisso quando cheguei em casa, na cara dela de ódio, ódio daquela maricona. Cheguei, tomei banho, fiz uma comida e sentei no sofá e pensava em tudo o que tinha acontecido e em como a vida dela tinha mudado, como o agir dela no mundo 'tava estranho, mas até aquele dia. É que não engoli aquilo ter acontecido com ela, porque ela, a Diaba que eu conheci desde o começo, não passaria por aquilo, ninguém faria aquilo com ela, esse pai de santo foi o único que podia fazer e fez. Era isso, eu 'tava desacreditada que a Diaba permitiu aquilo acontecer, porque aquela Diaba de cabeça baixa e olhar no chão, olhar vermelho de ódio no chão, era uma Diaba irreconhecível, quebrada e quase fracassada. Ela me fez sofrer com o tudo que depois aconteceu, sim, porque eu podia ter morrido e podia ter sido presa mas também, se eu pensar demais, que diferença faz a vida de rua pra vida do crime, se tu podes morrer a qualquer hora e qualquer esquina, é que um é de homem e outro é de bicha, é assim que eu penso, mas quem quebrou isso, pelo menos na época, foi ela, porque foi por causa desse domingo e por ter o desejo guardado de ser cafetina que ela fez o que fez, ou melhor, ela tinha, sempre teve, o desejo de ser chefa e aquele domingo, aquele acontecido no terreiro, foi só o que engatilhou ela e enquanto contasse ela (Lara) tiraria os olhos do dele (de Andrea) e ficaria de expressão vaga, refletindo longe do que sabia de Titânia e de seu tio Sérgio e em como se identificava com as motivações dela (de Titânia), em como também havia brigado com seu tio Sérgio por ele não aceitar seu posto, porque, alguns anos antes, quando foi escolhida por Ifá, ele bateu na mesa e disse não aceitar que um "homem" sentasse em um trono onde somente sentou mulher e em uma casa de candomblé que havia sido fundada por uma mulher. Escutaria o iaô contar o que o contaram e pensaria nos laços cortados entre o Águas de Prata e o Iyá Onirá pela boca de seu falecido tio Sérgio pois, segundo ele, enquanto ela (Lara) sentasse naquele trono o terreiro dele (de Sérgio) não teria relações com aquela casa e em como ela fez uma força-tarefa para fazer com ele a aceitasse, em como chegou a conversar e não ser ouvida e em como entendeu que sua missão seria difícil o dobro por ela (Lara) ser quem era. E realmente teve que dar mais de si nos primeiros anos de sacerdócio, pensou em como teve que se provar mais para ter respeito e fazer as mudanças que queria e em como não pôde falhar em um fundamento sequer pois se não seria cobrada rapidamente, afinal dos iaôs mais novos aos velhos mocotós que ainda estavam vivos, todos eles desacreditavam, explícita ou implicitamente, de boca aberta e direta como seu tio Sérgio ou através de um olhar ou de uma ironia. E escutaria as palavras de Juma vindo pela boca do iaô (Andrea) e pensaria que se identificava com qualquer razão que fez a Titânia fazer qualquer coisa que ela tenha feito, porque ela, contra seu tio Sérgio, não tinha um sacerdócio e um jogo de búzios nas costas para segurar, ela somente tinha submissão, pois nem ebomi era ainda, porque só havia tomado as duas primeiras obrigações. E continuaria escutando e vendo entre as palavras as cenas que seriam com ela se ela tivesse nascido vinte anos antes e compreendendo que Juma e Titânia encerravam um mundo travesti que morria ou que já havia morrido, mas que também parecia que uma força não mais vista com frequência morria junto com esse mundo, pois nenhuma mais quis tomar qualquer lugar que fosse. E escutaria e acabaria pensando qual a guerra que ainda poderia enfrentar, a voz do iaô corria reta e só com os ritmos das vírgulas, e ela (Lara) escutaria, pensaria nessa galeria de passado e escutaria, até exclamar subitamente: – Espera um pouco, dofono. Tem muita coisa para se comentar aí.

...não a teria conhecido se não tivesse o conhecido. Eu tinha dezenove anos, estava no primeiro período da faculdade de História e gostava de tirar foto para arrumar algum dinheiro. Nessa época, que era a virada do milênio, era festa, há poucos anos que estava tendo baile funk e alguns pontos de encontro gay, era tudo meio novo, hoje parece velho, mas era novo, era novo. E eu vivia essa vida solta, até porque tinha tido uma infância e uma adolescência muito asfixiadas e quando vi uma ponta de liberdade eu quis aproveitar. Meu pai não é mais vivo mas na época era delegado em função e ele é o responsável por essa infância e adolescência asfixiadas, porque foi uma figura que me sombreou a vida inteira e era dessa figura que eu queria me livrar ou me rebelar contra, que também serve. Por isso eu fazia de tudo, busquei minha liberdade sexual – perdi minha virgindade –, tive muitos amigos – andei com uns três grupos diferentes na faculdade –, usei drogas e bebi – e na biqueira que o conheci. Então acabo achando engraçado que logo quando eu me libertei de um homem – o meu pai – me prendi em outro – ele. Nesse tempo – eu morava aqui, no Aliança, nessa casa, que pertenceu a meus pais e depois à minha mãe e agora me pertence – eram poucas as biqueiras ali no Oroguendá, não tantas como hoje e com vários donos ou até aglomeradas lá em cima ou no baixo do morro. Era diferente. Tinha três

principais que eram comentadas entre quem usava droga e vinha do centro ou dos bairros altos para comprar por ali; tinha a do Granjão, mais longe, do outro lado do morro; tinha a do Topão, perto do teu terreiro; e tinha a Boca da Borboleta, que pertenceu sempre ao **bandido** *Quitungo e lá trabalhava o Virgílio, que tinha apelido de Lombra ou Rima, que era como ele era conhecido nas batalhas de rima. Os dois vendiam droga ali e também ali, bem do lado – a biqueira fica depois de um pontilhão, na boca de uma viela comprida que liga aquele miolo ao Parque Barrinha – o Pardal tinha uma lojinha onde ele vendia seda, refrigerante, cerveja, amendoim, torresmo. A primeira vez que eu fui lá foi por indicação de um amigo que buscava maconha quase sempre na tal Boca da Borboleta e que me dizia ser a melhor maconha, porque era abençoada, porque quem vendia era um macumbeiro, o que é besteira, mas me atiçou, eu sempre tive vontade de experimentar, até porque esse amigo – da faculdade, um branquinho que morava – deve morar ainda – no centro – nunca me dava um pouco, nem um trago de um baseado aceso. Eu sempre fui muito maconheiro, vou te falar a verdade. Aliás, vou aproveitar para te contar toda a verdade, essa é uma história que estava adormecida há muitos anos, então não tem motivo para resguardar tudo o que aconteceu. E o meu começo no que aconteceu se dá nessa primeira vez que fui buscar maconha na Boca da Borboleta. Eu cheguei pela viela, me lembro como se fosse agora, era de tarde, não era noite, nem nada, fui pela viela, vindo do Parque Barrinha, passei pela lojinha do Pardal e tornei à direita, e vi os meninos, ele, o Lombra e mais alguns outros meninos – homens não, eram meninos, o Quitungo sempre* *colocou meninos para trabalhar em suas bocas e isso é algo comum, se tu parares para pensar. Assim que um deles me viu, logo encostou e me perguntou Qualé, matuto, qual teu caminho? e eu* O quê? *e ele* De onde tu vens, matuto? Como é que tu soubeste daqui, matuto? *e eu disse* Meu amigo, meu amigo busca maconha aqui e me indicou *e ele* Quem é esse teu amigo? *e nessa hora eu logo fiquei em um misto de raiva e medo, raiva porque eu só queria comprar minha maconha e ir embora, medo porque eu tinha medo mesmo, era franzino e nada topetudo, eu lembro de ter respondido já gaguejando e isso deve ter só me deixado mais nervoso ainda, mas me mantive, eu queria minha maconha* É meu amigo da faculdade, ele é um branquinho, assim, alto e tem uma unha comprida, assim *e ele* Nunca vi matuto assim aqui. Onde que tu moras? *e eu disse* Moro no Aliança, aqui em cima *e ele* Onde do Aliança, tu tens que dizer certo, matuto *e eu disse – tremendo –* Moro perto da Avenida Atlântico, perto do ponto do Parque Barrinha, mais para baixo *e ele* Tu sabes de Garcia, do bar de frente o ponto do ônibus, hein, matuto? *e eu* Sei sim e ele me conhece porque compro cigarro ali direto antes de tomar o ônibus *e ele* Mas como ele te conhece, matuto? *e eu* Por que, o que que tem? *e ele* O Garcia já morreu, matuto! Assim tu me enganas! *e meu deu um tapa, assim, no meu peito, como se tivesse brincando comigo. E eu olhei para os outros, os dois que estavam sentados e vi, um deles era ele, sentado, perna cruzada, cortando uma flor de maconha em um potinho de plástico, sem camisa e só bermuda, tênis e meia, uma corrente no pescoço, uma só, de prata, e olhando para mim, com os olhos dele, os olhos de céu, olhos de pedra, olhos de oráculo.*

E com aqueles meus dezenove anos, ter visto o Pedro calhou em uma bagunça, tudo dentro de mim ficou misturado, foi isso que eu senti e consigo enxergar, no exato momento em que vi o rosto dele, rosto de amêndoa, branco, pálido, as veias debaixo da transparência da pele dele, pintinhas, enegrecidas e outras de sangue, espalhadas pela testa, pelas bochechas, a boca não rosada e sim alaranjada, pequena e afinada, o lábio de cima maior que o debaixo, os olhos, e os olhos, de pedra, pedra molhada azulada. São dos olhos dele que tenho mais fotos. Os olhos daquele instante, em que senti que o amor pela vista existia então, igual na Disney, como acreditamos, e eu acreditei, naquele momento acreditei. Em poucos segundos eu imaginei tudo o que poderia viver ali, naquele menino, e que de fato viveria, porque foi como se eu soubesse – e ele também – o que tinha acontecido naquela troca de olhar. Uma maldição, um feitiço. E depois eu descobriria que ele era ogã de candomblé e acabaria sendo mesmo meio místico. Se eu consegui comprar a maconha? Sim, eu consegui, porque depois de conversarmos um pouco ele deve ter percebido que eu não estava mentindo porque estava com medo e não com gambelação para o lado deles, e falou para que eu fizesse, nessa hora quase que eu pergunto Faço o quê? mas ele quis dizer o corre, então me livrei do olhar do Pedro e segui para perto do mais baixinho – o Lombra – e pedi a maconha. Eles mandaram eu seguir reto e não dar meia-volta, que era o meu caminho certo, e eu tentei argumentar mas eles mandaram, então eu fui, segui, e eu lembro: chorando, chorando por ter sido coagido e chorando de felicidade também por ter sentido por aquele menino algo que eu vinha querendo muito era sentir, porque sentia que não sentia amor pela minha mãe ou pelo meu pai e queria sentir algo por alguém, para conhecer isso que é sentir algo por alguém.

Depois continuei a comprar minha maconha na Boca da Borboleta. Ela chamava assim porque a rua que seguia o pontilhão chamava Rua da Borboleta e essa rua chamava assim porque no fim dela se chegava no terreiro de pai Sérgio, que é muito importante para essa história. O Pedro era ogã desse terreiro desde criança, como o **bandido** *Quitungo que eu mencionei, que também era ogã e o Quitungo também era o seu padrinho. Mas essas coisas eu saberia depois, porque da primeira vez que eu o vi só guardei o rosto e aquela troca de olhar marcante, essa cena que ficou na minha cabeça por dias. Lembro muito bem que aquela semana foi uma coisa estonteante, eu estava feliz, arrumei mais trabalhos que o normal e tirei mais fotos do que precisava, isso por uma troca de olhar, porque na minha cabeça era o que acabei de te dizer, eu estava sentindo algo por alguém, mesmo que àquela altura ele nem soubesse meu nome e eu o dele e tivesse confirmação que ele também tinha sentido o que eu tinha sentido ou estava sentindo o que eu estava sentindo. Continuei a pegar a minha maconha lá, porém, não foram em todas as vezes que o vi lá. Mas o Lombra sim, ele sempre estava lá, de boné, camiseta larga e a bolsinha e sempre de alpercata. Estávamos às portas dos anos 2000, podia colocar um radinho do lado onde ficava passando o jogo, o guaraná era mais gostoso e a coca vinha mais na garrafa e era mais escura. Eu ia lá e ele me atendia – o Lombra. Parecia uma criança, ele sempre me pareceu uma criança, não porque não tinha altura mas porque agia de um jeito lúdico mesmo, o Lombra falava calmo, com cadência e musicalidade, assim. Eu gostava de ouvir. Mas a voz do*

Pedro era diferente, me atingia de outro jeito. Demorou umas quatro idas para eu encontrar com ele na Boca de novo. E dessa vez foi ele que me atendeu, eu cheguei e logo que virei a esquininha o vi no lugar que ficava o Lombra com sua bolsinha. Perguntou qual seria e eu pedi então as trouxinhas na quantidade que eu costumava pedir e ele começou a mexer na bolsinha, mas levantava o rosto e me olhava, mexia na bolsinha outro tanto e me olhava. E eu fiquei parado, estático, assim. Mas, não, ele falou nada, chegou a hora que ele não tinha mais como demorar, ele pegou a quantidade necessária e me deu na mão e eu entreguei o dinheiro, olhando do mesmo jeito que ele estava me olhando, bem nos olhos. E fui embora. Eu queria ter feito alguma coisa, falado alguma coisa, perguntado o nome dele, mas simplesmente dei meia-volta. Apalpei a maconha dentro do bolso e lembrei imediatamente do rosto dele por inteiro, os mesmos detalhes, as pintinhas, o lábio mais laranja, os olhos azuis. Quando cheguei em casa naquele dia, dentro do meu quarto e pensando nele, me masturbei. Eu tinha dezenove anos e nunca tinha me apaixonado, não sabia como era, só tinha noção de como as pessoas agiam quando estavam assim, porque eu tinha assistido, eu tinha lido, mas foi ali que experimentei, com ele, com aquele olhar, e agora, naquele dia, eu tinha conseguido a voz, eu tinha a voz também, e isso que eu tinha, um olhar e uma voz, um rosto e um som, bastava isso para dizer que eu estava, sim, apaixonado. Morava na casa apenas eu e minha mãe, nesse tempo meu pai já estaria afastado há anos, mas presente às vezes, como ainda vou te explicar. Se importa se eu fumar?

Eu nasci quando meu pai passou no exame para ser delegado, mas meu nome veio antes. Quando minha mãe estava grávida ela ainda era namorada do meu pai, eles casariam quando eu fizesse três anos, então, na época que me deram um nome ela era só namorada de um policial. Se conheceram no centro e lá ficaram frequentando no início e no auge do namoro. Gostavam muito de ir para salões, para dançar. Isso é o que minha mãe dizia. Teve uma noite lá no centro que eles saíram muito tarde de um salão, estavam bêbados, os dois, andando para lá e para cá. E então meu pai começou a cantar, no inglês que só ele sabia, e pegar na mão da minha mãe e cantar olhando para ela. E o nome veio dessa cena ridícula aí. Meu pai olhou minha mãe, colocou a mão na barriga e falou Windson querendo dizer que estava ventando aquela noite. Assim que minha mãe me contou muitas vezes na vida. Nesse sofá aqui mesmo, ela aí onde tu estais. O problema é que toda essa idealização, mais da parte do meu pai, continuou, até eu nascer e crescer e até eles se divorciarem. Porque meu pai inventou um filho na cabeça dele e acreditou nesse filho até morrer. Quando ele estava nas últimas eu fui lá fazer uma visita, deu para ver que o filho ideal não tinha morrido, ele pegou minha mão e disse que tinha tempo, que eu ainda tinha tempo. Tempo para quê? Para ser macho, guerreiro, da polícia, como ele queria. Ele queria um herdeiro, não um filho. Mas acredito que tudo deve ter ficado abalado logo, não demorou, porque eu fui uma criança muito afeminada e, desde a primeira infância, minha mãe dizia que eu era já "delicado" com cinco anos. E falo abalado porque eu sei, minha mãe nunca admitiu, nem meu pai, mas eu sei, eu sei que foi minha sexualidade que acabou com o casamento. E esse é um clássico: a mãe defende o filho gay contra o pai. E esse clássico eu vivi, porque tudo continuou, eu fui ficando mais afeminado, ele continuou me idealizando como extensão dele e minha mãe continuou sendo uma ponte frágil mas uma ponte no meio entre a gente. Assim eu cresci, sendo repreendido toda vez que ele testemunhava qualquer desmunhecada minha, que é como ele chamava, sendo que eu desmunhecava o dobro nas costas dele, eu me soltava como se tivesse acumulado. Aliás, eu fazia muita coisa pelas costas de todo mundo, dentro do meu quarto eu mexia nas roupas, pegava aquelas roupas de menininho dos anos oitenta, os macacõezinhos, as camisas, e customizava, cortava e mudava onde enfiava a perna, a cabeça, e também pintava com caneta os sapatos e depois jogava fora para a minha mãe não ver, porque ela ficaria muito brava com isso, eu sabia, não por eu estar pintando um sapatinho branco de cor-de-rosa, mas porque foi meu pai quem tinha dado os sapatos e as roupas. Mas eu fazia isso, e também mantinha meu mundinho, onde cantava minhas músicas das divas, onde olhava para os meninos na escola e na rua, onde olhava as mulheres e as roupas das mulheres na televisão. Um dia vi uma travesti na tevê, na matéria perguntavam para ela se ela era um homem e ela dizia que não, não era um homem e perguntava "pareço um homem?". Meu pai estava do lado, assistindo, e olhou para mim, assim, como se quisesse dizer que aquele era meu futuro, mas eu não queria virar mulher, não era isso o que eu sentia, não, eu sentia sim que o jeito no qual eu me via era no papel de uma mulher, porque eu gostava de moda, de roupa, do jeito que elas se vestiam, que minha mãe se vestia, e eu queria um marido como minha mãe tinha e como elas – as amigas da minha mãe – tinham. Eu não queria ser mulher, eu queria o que as mulheres tinham.

Eu era só um gay, não tinha nenhum segredo. E foi assim que foi acontecendo. Foi piorando, claro, porque eu estava a cada dia mais afeminado e depois eles – meus pais – se divorciaram, e eu me vi mais livre ainda, ah, foi quando me assumi bicha mesmo. Foi assim, nem tem muito o que falar, porque a infância e a adolescência dos meninos como eu são iguais, elas sempre acontecem da mesma maneira, porque quando não é o pai a figura masculina, essa figura está na mãe, não dá para escapar da figura do homem no mundo. O mal é que a gente nasce desejando a mesmíssima coisa que depois nos castra. O mundo é maluco. Mas me virei nele. Eu me assumi bicha, a bicha que meu pai nunca quis e que incomodava minha mãe também. Porque as frases eram, a dele: "Prefiro um filho **bandido** *do que um filho bicha", e a dela: "Pelo menos meu filho não quis essas coisas de se vestir de mulher ou virou cabelereiro". Porque eu fiz umas coisas certinho, eu terminei o ginásio e entrei na faculdade de História. Minha mãe viu que eu queria ser professor como eu dizia na infância, mas tinha sido um fingimento, eu queria mesmo era tirar fotos e ir para os bailes, onde beijava os menininhos e onde perdi minha virgindade. E eu seguiria assim, viraria professor ou um fotógrafo famoso. Se eu não tivesse conhecido o Pedro e depois o restante deles, eu teria sim, continuado do jeito que eu estava. Não saberia dizer como estaria hoje. Mas, pelo menos, eu não morri naquilo tudo.*

A outra vez que encontrei o Pedro e quando, finalmente, trocamos algumas palavras foi numa delegacia. Um dia, eu já muito solto, na época que já mencionei, quando estava no primeiro período da faculdade e bem livre por aí na vida, com muitos amigos. Então, um dia, uma tarde, na verdade, eu estava numa praça perto da Atlântico, aqui perto, depois posso te mostrar que ela ainda existe, eu estava lá com as travestis, as que, mais tarde, à noite, faziam programa na beira da avenida. Eu só estava com elas, nós estávamos conversando e fumando maconha, que elas chamavam taba. E passou a polícia, lembro como hoje, o carro com as listas laranjas, assim, e a lateral prata e os dois policiais, descendo de boina de lado na cabeça e cassetete para pegar a gente. Só que eu, novo de tudo, não acreditei mesmo que, se eles pegassem a gente, eles bateriam e bateriam feio, eu fui tolo, tolo, fiquei parado tempo demais, enquanto a maioria delas já tinha dado pé. Fui pego, eu e mais duas. Se eles bateram? Bateram e bateram muito enquanto xingavam e diziam que a gente era doido de ficar andando ali, porque tinha uns prédios já, poucos, mas tinha uns prédios e não podíamos andar por ali porque tínhamos que respeitar aquelas famílias, aqueles moradores. Naquela época, as travestis tinham que andar apenas de noite. Apanhamos, apanhamos dentro da viatura e fomos levados para a delegacia. Lei da vadiagem. A vadiagem da tarde, para tu veres. E quando chegamos lá e fomos postos numa sala de espera, assim, eu vi, ele estava lá, sentado de cabeça baixa e algemado. E não fui idiota, me sentei do lado dele e praticamente esqueci das meninas que estavam na mesma comigo. Quando o reconheci eu o cutuquei, assim, e ele levantou o olhar e me reconheceu também, mas não sorriu, só fez uma cara de alívio, como se ter encontrado pelo menos alguém que o conhecia ajudasse em alguma coisa. Eu perguntei o que tinha acontecido e ele falou Me pegaram com pó na rua. O pó não era meu, claro, mas me tomaram como usuário. A sorte é que eu 'tava com pouco *e eu me*

*mostrei preocupado, num exagero, sim, mas me mostrei so-
lidário, falei que tudo ia ficar bem, que logo, logo ele estaria
liberado. E ele, antes de perguntar o mesmo para mim, olhou
as meninas e ficou frio, mas também nem um pouco tranquilo
com a presença delas lá, e nós dois estávamos no mesmo lado,
porque era pior para elas – para as meninas –, colocadas
ali, do lado de dois homens, sem um qualquer respeito com
a feminilidade delas. Mas também, naquele tempo. Era o
final de 1999, o que mais tinham medo era da mudança. E
perguntou, sim, ele perguntou o que tinha acontecido comigo,
sem citar as meninas. Eu que as inclui, porque respondi que
eu fumava taba com as meninas quando apareceu a viatura
e pegou a gente. E ele disse que eu fui burro e eu fiquei bravo,
acredita? Fiquei bravo com aquilo, eu sendo burro, sendo
que só tinha sido inocente? Isso na minha cabeça, porque
não tem diferença nenhuma. Mas fiquei bravo, eu, sendo
filho do meu pai, era uma vergonha para mim. Isso por causa
da minha criação, porque eu cresci com a ideia de que com
a violência ou com o poder de uma arma se faz tudo. Desde
muito pequeno meu pai costumava me pegar para levar e
me ensinar a atirar, quase sempre foi em Granjão, quando
ele aproveitava para pescar com outros amigos da polícia e
um deles tinha uma casa muito bonita que construiu lá, na
beira do Onixití grande, uma das baías, sabes? Aprendi sobre
gatilho, pente e repuxo muito novinho já e foi por conta do
meu pai. Então, imagine, eu tinha também dentro de mim
um ideal, um ideal de sobrevivência que veio do meu pai, que
fez eu reagir a vida inteira de uma forma agressiva toda vez
que minha autoproteção fosse colocada em xeque. E quando
fiquei bravo com ele ali ele riu, pela primeira vez eu vi o Pedro*

rir. Ele riu e falou falo da rede, matuto, não tem por que e eu ri também, olhei para os pulsos algemados e brinquei que ele estava com menos vantagem ali. E quando olhei de novo para ele, pensando que ele estaria olhando também, me surpreendi, porque ele subitamente ficou quieto demais e não levantou a cabeça, como se estivesse arrependido. E eu fiquei frustrado, porque na minha cabeça realmente estava acontecendo alguma coisa, porque tinha que acontecer alguma coisa se eu sentia, fazia sentido para mim que o universo fizesse acontecer tudo só porque eu estava apaixonado, mas então eu percebi que não, que nem tudo poderia acontecer só porque eu estava apaixonado, que teria uma parte que eu teria que ir atrás. Porque ficou claro ali para mim que estava sendo simpático e que isso não significava necessariamente que ele também sentia alguma coisa por mim. E morreu, ficou assim, eu envergonhado – mas sem demonstrar – e ele, cabisbaixo e quieto. E lembrei das meninas e voltei a falar com elas, passamos a comentar o acontecido, rever a hora em que fomos pegos e nossa corrida que não deu certo, enquanto ele continuava igual e sem olhar para mim uma vez sequer como se fosse tomar um choque se fizesse isso. Na verdade, ele olhou, sim, mas para a gente, como se estivesse julgando, segundo o que eu me lembro, até porque a gente conhece olhar de julgamento. Ficamos assim, como se não tivesse acontecido nada daquele diálogo. Até que eu fui chamado. Me levaram até a recepção da delegacia e vi uma mulher que estava sentada, assim, na cadeira, segurando um gancho de telefone. Falaram que tinha uma ligação para mim, e de uma forma respeitosa, é bom se pontuar, como se eu não fosse só um viadinho que eles tinham acabado de pegar ali na Atlântico, pois foram os policiais que pegaram a gente que me levaram até lá. E eu atendi e descobri que era o meu pai, nervoso, me xingando de tudo quanto é nome, indignado que como assim eu tinha sido preso – ou pego, não lembro a palavra que ele usou –, que como eu tinha a coragem de dar esse desgosto para a minha mãe e o que eu estava fazendo da minha vida e que vergonha eu estava trazendo para ele, que era um delegado, ter o filho preso com viado de rua – essa definição eu me lembro muito bem – e o quanto ele estava decepcionado e que iria na casa da minha mãe aquele dia para que conversássemos. Ele falou tudo isso e falou que ia mandar me liberar e foi o que então eu escutei – ou quis escutar – melhor porque é o que eu mais lembro e, do nada, uma vontade forte me veio no peito, eu pedi para que ele me ajudasse a liberar meu amigo, mas ele perguntou qual o amigo e inventei que ele estava com a gente e que não tinha nada a ver também e ele negou, afirmou que era só eu, porque eu era o filho dele, mas eu insisti e ele, já irritado de novo, acabou deixando, falou mandando para que eu falasse aos homens lá para liberarem eu e o Pedro. E assim foi, quando menos pisquei estávamos lá fora, eu e ele, soltos e podendo respirar o ar fresco, o cheiro de folha. Assim eu via aquilo que tinha conquistado, via através dos olhos de paixão, achando que poderia acontecer alguma coisa a partir dali, a partir daquilo que eu tinha feito. Claro que ele não entendeu nada e nem soube que fomos liberados porque eu era um filhinho de delegado, e eu falei, mesmo assim, que tinha enrolado lá dentro, que tinha dito que o conhecia desde menino, que ele era um menino bom e que disse que a droga não era dele. E ele sorriu – de novo – e eu sorri de volta, sem tirar os olhos dos olhos dele, imaginando que eu estava mais perto do sorriso, de cara com os dentes, sentindo seu hálito vir para dentro de mim. Mas tivemos que nos separar, ele queria seguir o caminho dele e ir cuidar das coisas dele, que foi exatamente como ele disse. E eu deixei, mas peguei o telefone dele antes, não dele, na verdade, da casa da tia dele, onde ele morava. Eram outros tempos.

Alguns dias depois eu tomei coragem e liguei, quem me atendeu foi a tia, a madrinha, como ele chamava. Seu nome era Heloísa mas a chamavam de tia Helô ou somente Helô. Perguntei se o Pedro estava e sim, ele estava, mas não ali, estava lá fora, consertando a calha. E pensei que ele consertava calhas e imaginei ele consertando a calha. E imaginei também ela deixando o gancho do telefone numa mesinha – depois acabaria decorando esse e outros detalhes, os locais certinhos onde cada coisa ficava – e indo lá fora, debaixo do sol, e dizendo com uma mão na cintura para ele que alguém – eu ainda não tinha dado meu nome, eu tinha dito que era um amigo – no telefone queria falar com ele e ele reagindo com dúvida, porque todos os amigos dele, todos os que conheceu e que criou verdadeira relação estavam ali, naquele bairro, ao seu redor, que não tinha um amigo de longe para ligar, mas ele, ainda que com dúvida, desce da escada – eu imaginei – e, suado pelo trabalho, vai até o gancho na mesinha da sala e pega e diz Oi *e eu digo* Oi, lembra de mim, não? *e ele* Quem és? Quem falas? *e eu digo* É o Windson, lembra do dia da delegacia *e ele* Delegacia? Que delegacia? *e eu digo* Da delegacia, quando te ajudei a te liberarem *e ele* Que conversa é essa, matuto? Delegacia? Já fui tanto para a delegacia *e eu então expliquei direito quem eu era e ele lembrou e quando lembrou ficou calado do*

126

outro lado e aí não teve como eu não imaginar ele parado lá, do outro lado da linha, de pé ao lado da mesinha do telefone com o gancho no ouvido e olhando o nada e lembrando de mim, do meu rosto, da gente se olhando, desde o primeiro dia na biqueira e eu perguntei Ainda me escutas? e ele disse sim e perguntou o que eu queria, bravo, assim, muito bravo, do nada, e eu respondi que queria ver ele, que quis saber por que e eu disse porque via ele como um amigo, achava que tínhamos um motivo pelo menos para sermos amigos e ele disse que eu era cliente da biqueira e o chefe dele não permitia amizade com cliente e então eu perguntei se ele lembrava de mim e ele disse sim e eu insisti, perguntei se não poderia aparecer ali pelo pontilhão, podíamos fumar um baianinho, que é como chamamos o baseado por aqui em Enseada. E ele aceitou. E eu fui, andei debaixo daquele sol todo arrumado, pois eu tinha me arrumado aquele dia, vou bem te falar, e exageradamente, passei até perfume para suar debaixo daquele sol. E quando cheguei eu o encontrei na porta da viela e eu percebi que ele também tinha se arrumado e que eu tinha acertado o jeito que eu tinha me arrumado – o mais masculino e sóbrio possível –, porque ele me olhou dos pés à cabeça e disse que eu estava todo bonitão. Fomos pelo outro lado e alcançamos outra parte do córrego e sentamos em outro pontilhão. E fumamos enquanto conversávamos. O Pedro se mostrou uma pessoa detalhista, eu percebi logo que separei a trouxinha de maconha e a seda, porque ele me parou, assim, e tirou do bolso uma tesoura e um papelzinho para que eu fizesse uma piteira, pois eu ia dichavar a erva na palma da mão e enrolar sem piteira alguma, nós geralmente não fazíamos isso. E o resto ele também apontou, o jeito que eu me sentava, o jeito que eu falava – ele passou a sempre dizer que eu falava como um professor – e me expressava, o jeito que eu enrolava, o jeito que eu ria. E fomos, um entrando no outro, assim, enquanto conversávamos e sorríamos e fazíamos piadas. Fui eu que o beijei primeiro. Eu que, sentado do lado dele, o céu ficando amarelo do pico da tarde, o vento calmo – eu lembro tudo –, o pontilhão seco e esturricado do calor ainda, o metal quente quando púnhamos a mão, aproximei meu rosto do dele – enquanto nós conversávamos – até o limite e conforme eu via que ele cedia, que ele não se afastava, continuava, continuava, até calar a boca dele com um beijo. Que foi recebido.

Fui eu também que pedi o Pedro em namoro, só entre nós, estávamos só eu e ele na casa da tia dele, tínhamos acabado de transar na cama dele no tempo em que ela estava fora, no trabalho. Eu pedi muito sem pensar, como um impulso, porque estava muito mais apaixonado do que estava antes, o Pedro tinha se tornado a minha vida, na faculdade eu não prestava mais atenção em nada, deixei de ir nas festas dos meus amigos, passei a ter insônia na minha casa, ficava olhando a primeira foto que eu tirei dele a noite toda, foi uma foto que tirei de longe. Eu estava louco, realmente, louco por ele, então quando o pedi em namoro senti que foi como se eu tivesse piscado, algo involuntário, porque somente falei e pronto e ele escutou e, claro, ficou quieto e olhando para o nada. Mas respondeu "sim", porque ele se virou e me deu um beijo em silêncio, segurando meu rosto bem forte, assim. Foi desse jeito que começou, porque eu tive que o conhecer para a conhecer. Foi pela boca do Pedro que eu ouvi o nome Titânia a primeira vez.

Mas nos primeiros dias a coisa já se mostrou mais complicada do que eu imaginava. Porque nós continuamos nos portando como amigos na frente da tia dele, a pedido dele. Eu odiava, parecia que eu era uma vergonha para ele ou que a palavra namoro ia decepcionar profundamente a tia. Quando dávamos amassos era no quarto dele, com a porta fechada. Na frente da tia, jantando, eu tinha que ficar do outro lado da mesa e não o chamar de nenhum jeito que um amigo não chamaria. E depois piorou. Um dia ele quis conversar e disse que tínhamos que fingir ser amigos na rua, se víssemos algum amigo dele, amigos, se fôssemos em alguma vendinha onde ele conhecesse alguém, amigos, se encontrássemos alguém do terreiro, amigos, se encontrássemos meus amigos, amigos. O Pedro não queria que ninguém soubesse que ele gostava de outro homem. Por isso vale outra descrição dele, mas não física. O Pedro não gostava de cores alegres, não gostava de cor no tênis e nem de nada dourado; seu clima favorito era o calor porque o lembrava do futebol, ele nunca elogiou uma árvore, o céu ou algum bicho; seu gosto musical se resumia a funk e rock, mas não cantava ou dançava; era viciado em cigarro, maconha e bebida, gostava bastante de pinga e seu gosto para comida era qualquer que sua tia tivesse feito no dia; somente cumprimentava na mão, sem abraçar, e sorria com pontualidade e motivo; seu santo era um orixá guerreiro e um dos provérbios, que ele me ensinou, era: "a discórdia traz o progresso"; não gostava de comemorar aniversário e não ligava para sua pouca idade; não se interessava por nenhuma tarefa senão as braçais, eu nunca o vi pegar uma caneta; frequentou muito o bar com o padrinho e o modo que o padrinho se vestia era seu ideal, muitas vezes me disse que quando envelhecesse queria usar camisa aberta, calça jeans, óculos escuros na testa e cordão. O Pedro era comum, imensamente comum, em termos de homem, isso que quero dizer. Aprendeu desde cedo o que era o mundo masculino e cresceu nessas regras. Para ele o mundo era esse, esse mundo preto no branco. Se ele me incluísse na vida dele, eu sendo um homem como ele, muitos aspectos iam ruir, ele não ia entender, porque era como se o mundo desse uma volta completa, tudo ficasse de cabeça para baixo. Mas fui levando e, juro, tentei com a força da paixão que sentia por ele, como se eu ignorasse tudo e continuasse com a certeza de que tudo ia entrar no seu devido lugar e não demoraria, eu estaria do lado dele do mesmo jeito que era entre a gente. De fato, bastante apaixo-nado. E passamos situações onde a coisa complicou mesmo, como quando um dia, depois de termos transado lá no quarto dele, escondidos da tia, como sempre, eu fui tomar banho e estava tão feliz que fiquei cantarolando uma música que eu gostava e que, para ele, seria música de viado, e eu tomei banho cantarolando e eu saí do banho cantarolando, sorrindo, feliz, e olhando para ele enquanto cantarolava e pulei em cima dele cantarolando e coloquei a toalha sobre o peito, como se eu me sentisse uma mulher e foi bem o que eu quis que ele sentisse também e ele me empurrou, com força, tanto que bati esse lado do corpo na parede e machuquei a cabeça. Ele ficou transformado, como se eu tivesse metido um tapa na cara dele e começou a dizer Variou, matuto? Tu variaste? e meter o punho fechado, assim, nas minhas costas. Ele deu vários socos, enquanto eu chorava. E eu não revidei, porque nessa vez que ele me bateu foi a primeira, eu fiquei assustado sem entender que aquele ódio e aquela agressividade podiam vir do mesmo lugar que vinha a paixão e o amor. Sem dizer que vi minha mãe naquele momento, porque quando criança eu tinha presenciado inúmeras cenas como aquela entre os meus pais e, claro, era minha mãe que apanhava e me vi sendo ela ali, eu chorava e me via sendo minha mãe, lembro bem disso, de sentir isso. Em outra vez ele ficou nervoso porque um amigo perguntou por que ele estava andando tanto comigo e ouvi dizer que saíram na porrada. Em outra vez eu, ao ver uma foto que ele tinha do padrinho, disse que o padrinho dele tinha cara de ruim e, nossa, ele não me bateu mas quase, foi grosso e me disse coisas pesadas, como que eu era só um viadinho e o que eu poderia falar. Mas ele me assumiu, ou melhor, ele quis me assumir e foi simplesmente do nada, ele simplesmente me encontrou um dia e disse Vamos no baile? *assim, desse jeito, e ir no baile, ir com ele no baile, só podia significar uma coisa: ele ia me assumir. Aquela semana foi um pega para capar, eu lembro. Fiquei ansioso todos os dias, não dormi quase nada, apenas fiquei esperando chegar aquela sexta-feira de baile, e era o famoso Baile do Vodú, que não tem mais, até porque o Vodú morreu, o que quero dizer: era o baile mais frequentado da favela toda, não seria qualquer coisa, e eu estaria ali, com o meu namorado, onde poderia pegar na mão dele e desfilar e olhar as pessoas me olhando, nos olhando. E quando chegou a tal da sexta-feira, não pude vê-lo logo, tive que esperar ele ir no terreiro e passar lá o dia todo fazendo as coisas, porque todas as sextas-feiras – o dia da semana dedicado ao santo dele – ele subia no terreiro e fazia o que tinha que fazer por lá. Só nos vimos de noite, quando fui na casa da tia dele. Eu estava arrumado, eu lembro, mas ele estava mais, eu nunca tinha visto ele assim, por mais que tivesse a ver com ele era uma roupa que eu nunca tinha visto, uma camisa que nunca tinha visto, uma corrente, um tênis que não sabia que ele tinha. Eu ainda acho que ele comprou aquela roupa. E fiquei besta, fiquei olhando para ele com o coração batendo e não acreditando que ia acontecer mesmo, nós iríamos no baile e todos veriam que estávamos juntos. Seria como se nós pudéssemos finalmente existir.*

Chegamos até que cedo, eu lembro, e não fomos para o baile direto, primeiro paramos em um bar na rua de baixo da rua onde acontecia o baile, era um bar frequentado pelos quitungos, os **bandidos** *da quadrilha na qual trabalhavam Pedro e Lombra. Lá o Pedro se encontrou com os amigos dele, o Lombra e o Cajú, que conheci nesse dia. O Cajú tinha vindo do Rio de Janeiro e era amigo de infância tanto do Pedro quanto do Lombra. O motivo que fez ele voltar para Enseada – ele saiu daqui com oito anos, parece – eu ia descobrir muito depois, no meio de tudo já e não me assustaria. Mas naquela noite eu não soube quase nada, somente que ele era amigo de infância e que tinha ido para o Rio de Janeiro e agora estava de volta. O Cajú era bem bonito, não vou mentir agora, eu pensei muitas coisas sobre ele e entre as mais de cinquenta fotos, dez o exibem. Tinha a pele morena, assim, mas mais amarelada, e os olhos escuros que pareciam frutinhas, assim, e era alto, um pouco mais alto que o Pedro e um pouco mais alto que eu, quem era baixinho mesmo era o Lombra. E por falar nele, naquela noite que conversamos de verdade uma primeira vez e entendi por que o Pedro falava tanto dele e tão bem e contava sobre coisas que tinham feito. O Lombra era o tipo de pessoa que te faz bem, ele soltava uma merda ou uma mangagem a cada dez palavras, o tipo* de pessoa que te compreende e se interessa quando tu contas algo íntimo ou um problema para ele, que te cumprimenta e te abraça, que pergunta sobre sua família, que pede para almoçar algum domingo seu, que respeita religião e sexualidade e ainda muito inteligente, porque ele queria ser um MC famoso e rimava realmente muito bem. Quando encontramos os meninos e começamos a conversar, foi o papo do Lombra que me chamou mais atenção e porque eu e o Cajú não nos demos muito bem de cara, mas por minha culpa, eu era novo, tem que se falar, eu agi como um neurótico, porque vi alguns olhares do Cajú, olhares que pareceu para mim de cobiça, para cima do Pedro. Não gostei daquilo, porque eu sabia, em algum lugar dentro de mim eu encontrava essa verdade, que aquele não era um olhar de amigo, não era olhar de afeição de amigo, mas de quem deseja. E o Pedro não percebia, ele não enxergava, ele parecia anestesiado naquela noite. Mas o Quitungo chegou uma hora e quando ele chegou e eu olhei o Pedro se iluminar e olhei aonde ele estava olhando e vi as quatro motos pararem ao lado do bar, na beira de mato e areia, e os quatro homens cavaleiros, sem capacete, nenhum deles, e roupas da época, camisas, calças jeans e tênis, cordões sóbrios e as peles curtidas e os olhares atentos e inflamados, assim, e todos homens feitos, as colunas retas, uma confiança afetada. E armas. Cada um deles carregava uma arma, as longas e as automáticas, assim, na cintura da calça. E eles vieram diretamente até onde estávamos e eu fiquei gelado, olhei as armas e gelei mais ainda, assim, paralisado, e, por uns instantes, achei mesmo que não ia conseguir me mexer, mas quando ele – o Quitungo – chegou para me cumprimentar eu estendi a mão, assim, e cumprimentei e ele foi bem simpático, mas eu também senti a presença da sua pistola quando o cumprimentei, claro, sem olhar, fiquei olhando no olho dele, bem no olho, como se me ajudasse a querer dizer "não estou com medo". Eles não ficaram de primeira para conversar, foram – ele foi – no bar e compraram bebidas e ele pagou, porque eu vi, com as notas mais altas, nota sobre nota, e eu fiquei olhando como se não tivesse acreditado ainda que eu estava junto de **bandido**s sendo que eu era filho de um policial e que ninguém sabia ali, e nem podia saber, porque o Pedro não sabia e eu sempre fiz de tudo para não saber, mas era um segredo difícil de carregar para mim, porque cada olhar daqueles homens parecia me dizer "eu sei". Então, conversamos e começamos a beber, o Lombra enrolou um baianinho e o Quitungo sacou cocaína para cheirar sobre a mesa, na frente de todo mundo – e ninguém olhou, na verdade. O Pedro e o Lombra também cheiraram, e eu neguei porque o Cajú negou, e eu e ele ficamos apenas fumando maconha.

Porque depois que o Olegário chegou pelo bar – acho que agora, quase trinta anos depois, posso, com coragem, chamar o Quitungo pelo nome – o nosso rolé – como dizia na época – ficou na mão dele, aonde o Olegário fosse ia os **bandido**s dele e nós íamos junto. E assim nós subimos para o baile. Eles subiram a rua de moto e nos esperaram lá em cima. Chegamos suados e ofegantes – todos fumavam alguma coisa – e começamos a andar com eles e o baile parou. Quando isso aconteceu eu gelei de novo, porque andando ali com eles e de uma forma que não daria para eu simplesmente falar "não, não dá para andar com vocês porque não posso ser associado a vocês", porque eu estava com o Pedro, aquilo que eu tinha conquistado não podia ser largado do nada e sem

mais por menos, eu não podia fazer nada senão andar, andar
com eles como se fosse um deles e eu me perguntava se eu era
mesmo ou podia ser considerado um deles, enquanto eu via as
pessoas – parecia que todo mundo olhava, quando penso para
lembrar me vem a imagem de todos os olhos daquele baile
nos olhando caminhar – prestarem atenção em nós, como se
nos medissem e soubessem quem eu era naquele bonde – que
é como falavam – ou naquela tropa – que é como também
falavam. Foi nesse momento que o Pedro olhou e reconheceu
ela na muvuca. Ela e uma amiga dela.

Primeiro eu vi a mulher mais alta que já tinha visto na
minha vida. Ela era mais alta que o mais alto entre nós – o
Cajú – e mais robusta de corpo, assim, que o Olegário-Qui-
tungo. Estava num canto do baile com a amiga, a Juma,
também muito bonita, mais baixa e de corpo menor, assim,
mas um cabelo bonito e armado e uma roupa de estampa de
onça, como se ela previsse a moda que seria alguns anos
depois. Ela estava de vestido prateado e sandália prateada,
como ela tinha a pele muito escura, essas roupas brilhavam,
e as correntinhas e um dente que ela tinha de prata, tudo isso
brilhava também, aquela noite foi uma noite muito escura. E
a cumprimentamos e ouvi seu nome de sua boca, Titânia, dito
em voz alta, porque ela queria superar a música. Foi assim
que a conheci, por conta do Pedro. E só depois eu ia saber que
eles eram como unha e carne, porque eram do mesmo terreiro,
desde crianças, e que sempre tinham sido ligados, e o Pedro
se mostraria a pessoa que mais amou a Titânia e a Titânia,
entre todos nós, seria a que mais trataria o Pedro bem e com
mais respeito e mais consideração. Eu, de primeira, a achei
muito antipática, ela falava realmente muito alto, e era estri-

dente a voz. E achei que ela era muito prepotente também, porque tudo o que o outro dizia para ela podia ser mangado, mas diferente do que o Lombra fazia, porque era com malícia, no tom, nas palavras, na cadência. Mas, ao mesmo tempo que poderia ser uma antipatia que eu estava sentindo por ela, tinha também uma admiração, ou até uma paixão, eu poderia dizer, sim, que me apaixonei pela Titânia, mas de admiração, como se eu tivesse encontrado um ser humano tão misterioso que qualquer outra coisa do lado dela ia parecer sem significado, porque ela tomava a realidade e fazia dela algo a seu favor, Titânia pisava no chão como se todo o chão do mundo fosse o chão da casa dela. Senti vontade de tirar mil fotos dela para que eu guardasse mas não tinha levado minha câmera, ainda bem, pois as câmeras daquela época, por mais que fossem portáteis, eram ainda muito bojudas, assim, e não daria para eu esconder e sei lá o que o Olegário poderia achar e poderia fazer com minha câmera, logo quando tinha sido difícil conseguir, pois foi meu pai que tinha me dado. Mas, sobre a Titânia, só depois eu ia entender por que tinha sentido aquilo, eu ia entender que nós éramos do mesmo orixá, e ia descobrir que eu era filho de Iansã, como a Titânia, e isso quando nos aproximássemos, eu por me afeiçoar da afeição que ela sentia e expressava por Pedro e o dia do apaixonamento mesmo foi o dia da dona Faceira. A dona Faceira era a pombagira dela e nós, e quando digo nós quero dizer eu, o Cajú, a Outra lá e a Juma, todos a conhecemos no mesmo dia, foi no dia do candomblé do pai de santo dela e do Pedro, e também do Olegário e do Pardal, que era o namorado da Titânia. Teve essa festa de candomblé e que todos fomos, era uma festa grande, eu lembro, era a comemoração de idade do pai de santo, que já estava bem velho na época, mas que ainda ia durar, porque fiquei sabendo que ele faleceu na pandemia apenas, acabou que ele enterrou todo mundo, digo, do terreiro dele, porque eu e a Juma, que ficamos vivos, nunca nos ligamos àquele terreiro e o único contato que eu tive com uma pombagira foi com a da Titânia mais tarde naquele dia. Não foi um dia bom e não foi uma festa boa, até acontecer uma coisa com ela, até estava tranquila, era a primeira vez que eu assistia a uma festa de candomblé, claro, eu sabia algumas coisas e de até antes de eu entrar na faculdade de História, sabia de alguns orixás e sabia alguns detalhes, como o tipo de roupa e que eles cantavam em língua nigeriana, mas tu veres, assim, em tua cara, é diferente, é mais colorido, é mais cheiroso e com o atabaque ao pé do teu ouvido tudo se complementa, parecia um sonho ou parecia que eu estava em outro lugar, em tempos muito antigos. Até que os orixás pegaram as pessoas e uma dessas pessoas era a Titânia que, vale se dizer, estava vestida como uma mulher naquele contexto, porque as mulheres no candomblé usam saias, um pano sobre o colo, assim, e o pano na cabeça, e assim estava a Titânia, com todas essas, como eu poderia dizer, indumentárias, que a faziam ser vista como mulher. Assim, nós vimos que algumas pessoas olharam feio para ela, julgando a roupa que ela vestia, sem disfarçar. E depois fariam com que os olhares se materializassem. Porque no momento que fosse para esses orixás voltarem ao salão vestidos com suas roupas características, a Iansã na Titânia ia sair de calças, sem saia, e ia destoar tanto, mas tanto, que todos iam olhar e de inúmeras maneiras, olhar de troça, olhar de curiosidade. Mas, veja bem, a Iansã que estava no pai de santo estava de saia, *como se ele quisesse dizer "eu posso". Eu suspeitei que quando ela – a Titânia – soubesse do acontecido que ficaria muito brava, porque já tinha uma ideia de Titânia na minha cabeça, ainda que a tivesse conhecido só dois dias antes, mas não imaginei que ela ia ficar transtornada. Não sei ou não lembro com certeza de onde ela saiu, onde ela estava antes de sair andando, assim, quase correndo, pelo gramado do lado de fora e ir até uma mesa onde jantava o pai de santo e os convidados mais ilustres e dar na cara dele depois de uma discussão, uma discussão que todo mundo – na festa – ouviu, uma em que ela o acusou, assim, apontando na cara, de ter colocado a santa dela de calça sendo que era uma mulher. Foi uma confusão mesmo, todo mundo ficou olhando e ela ter* batido *na cara do pai de santo tinha sido um escândalo, ele era, e até morrer foi, muito respeitado. Isso aconteceu nesse dia, que eu lembro mais por causa da dona Faceira. Foi mais tarde, depois que nós saímos do terreiro praticamente expulsos, assim, não nós, a Titânia foi expulsa – pelas próprias mãos do Olegário, tem que se dizer – e nós fomos juntos porque não queríamos deixá-la sozinha – o Pedro não queria deixá-la sozinha –, e assim nem tivemos tempo de comer, logo que ela desincorporou e descobriu o acontecido da calça ela já andou e fez a confusão, antes que pudéssemos ser servidos. Já estava de noite, bom falar, e posso dizer com folga que devia ser perto das dez horas e saímos do terreiro, como cachorros, e nem discutimos o acontecido, não falamos praticamente nada, só nos colamos com quem interessava – eu colei no Pedro, o Cajú colou no Lombra, o Pardal acudiu a Titânia e a Juma ficou andando sozinha, apenas olhando, assim – e andamos, começamos a descer a favela em silêncio e sem reagir, mesmo que estivesse começando a chover bem fraquinho e as nuvens estivessem se tornando uma só, assim, escondendo lua e escondendo estrela, como uma árvore. Assim a gente foi até lá embaixo, depois do Parque Oroguendá, já perto da Boca da Borboleta, quando a Juma e o Cajú se despediram e nós – eu, o Pedro, o Lombra e o Pardal – seguimos para a casa de Titânia, aliás, nós voltamos, porque tínhamos ido até ali para deixar o Cajú e a Juma, a Titânia morava no Parque Oroguendá, um pouco para cima. E ela ficou abalada, tenho que dizer isso. Todo o caminho, desde que nós saímos do terreiro, até descer toda a favela, em todos os becos e todos os escadões que descemos, assim, quietos, sem comentar nada e ela olhando o chão o tempo todo, segurando o braço do Pardal como se fosse uma criança com medo entrando numa casa assombrada. Mas algum momento do caminho ela disse "vamos para casa" ou alguma coisa assim porque não ouvi e o Pardal repassou. E chegamos lá do jeito que estávamos, sem falar nada, e entramos e nos aconchegamos do mesmo jeito. Ela tinha chorado, deu para ver essa hora, quando ela acendeu a luz – bem branca, ela tinha quase em toda a casa lâmpadas de luz branca –, o rosto com dois fios de lágrimas secando e ela fungando o nariz, assim. Ela andou até perto do telefone, perto do segundo sofá, perto da porta que levava para a cozinha – não era uma casa muito grande – e acendeu um incenso, de canela ou jasmim, não lembro bem, acendeu com o isqueiro que estava no meio dos seios e chacoalhou a vareta para apagar a chama e colocou em um porta-incenso que estava na mesa de centro. E andou até o quarto. Nessa hora a gente escutou uma gargalhada e a luz acabou, do nada, num estouro. O Pedro se levantou e afastou a cortina para* olhar a janela e viu que tinha acabado a luz na favela toda. E nós ouvimos a gargalhada de novo.

O Pardal sabia o que estava acontecendo, ele – e o Pedro também, só não percebi na hora – conhecia e devia estar acostumado com a dona Faceira, porque ele lentamente, com calma, assim, se levantou do sofá e foi – no escuro – até a cozinha e voltou com três velas e uma delas ele acendeu na porta, depois ele foi até o quarto e demorou um tempo, nós ficamos sentados e olhando assustados – eu e o Lombra –, esperando para ver o que ia dar a partir de ali, e nós escutávamos barulho de pulseira e brinco e barulho de roupa sendo colocada e uma tensão crescia, assim, do chão, até que ele voltou, saiu do quarto do jeito que tinha ido, calmo e sereno – mais tarde eu ia entender que aquela não era a sua personalidade normal, que no dia a dia o Pardal era mais parecido com o Lombra do que qualquer coisa. E ela saiu do quarto, ela a pombagira, não a Titânia mais, e dava para dizer com muita facilidade ou o pouco tempo de conhecimento que eu tinha sobre ela que ali não era ela, de jeito nenhum, por mais que continuasse alta e siliconada, de sobrancelha nas alturas e braços compridos, não era ela, porque o olhar já era outro, mais calmo, não saberia dizer como, mas era um olhar mais brando que o da Titânia, e os gestos eram mais contidos, o passo era mais tranquilo e tinha o detalhe mais diferente: a pombagira sorria. Não que Titânia não sorrisse, só que seu sorriso sempre foi de escárnio, ela nunca sorriu por simpatia, empatia ou cuidado, pelo menos não na minha frente, e o escárnio era até com o Pardal, ela mangava bastante o próprio namorado. O sorriso da pombagira era de simpatia, era como se ela quisesse dizer "bem-vindos", não sei por que mas foi o que eu pensei na hora *que eu vi, ela vindo como se estivesse em câmera lenta, debaixo da luz das velas, uma coisa meio avermelhada, infernal, sobrenatural mesmo. E só de olhar para ela uma primeira vez eu já acreditei, somente com o vislumbre já dava para dizer que não tinha como aquilo não existir e que tudo o que nós tínhamos escutado sobre macumba queria negar a existência daquilo como se aquilo oferecesse um perigo mesmo. Ela veio, com o cigarro no meio dos dedos, mas sem tragar, apenas nos olhando, veio, andando como se pesasse menos de um quilo e parou primeiro no Pedro e o abraçou e ele a abraçou como uma amiga que não visitava há muito tempo e depois o Lombra, reagindo ao sorriso deslumbrado dele e então eu e me lembro muito bem, como se a estivesse vendo agora na minha frente, o aroma forte de incenso, a luz das velas nas costas dela, as sombras mexendo na parede e ela, os olhos escurecidos e parados, como se ela não piscasse, e o sorriso, enorme e simpático, que se mexeu pouco quando ela falou* Boa noite, seu moço, *assim, meio mágico mesmo. Era uma voz de veludo se comparada à voz da Titânia. Era como se fosse uma contradição. Nós escutamos a vida inteira que pombagira era a mulher do diabo e quando eu conheço uma de verdade ela era mais serena do que a mulher em que incorporou. Mas eu estava encantado. O que ela falou? Muita coisa, muita coisa. Primeiro ela voltou até o quarto e chamou um por um, para uma conversa particular, depois juntou todo mundo na sala e deu uma mensagem geral. Quem entrou no quarto primeiro foi o Pedro e, durante toda a história que viveríamos depois, em nenhum momento consegui fazer Pedro me contar o que ele conversou com a dona Faceira naquela noite, porque eles demoraram, se não me falha a memória a conversa dele foi a mais longa, e eu fiquei curioso. Mas nunca soube e hoje eu só imagino. Depois foi o Lombra e ele não demorou muito, e deu para escutar ele rindo muito. Ele voltou para a sala com um sorriso dobrado, como se tivesse ganhado um presente. E então chegou minha vez. Entrei e me sentei em uma cadeira que estava na frente dela, uma cadeira não, era um banquinho, de palha trançada, assim, e fiquei sentado reto, olhando a pombagira no olho.*

Tu fumas *ela perguntou.*

e eu Fumo, sim

e ela Se quiseres, pegues do meu, é só pegar

e eu Obrigado, vou pegar um

e ela, enquanto eu acendi o cigarro, Tu estais feliz com esse seu moço

e eu, enquanto soltava a fumaça, Sim, eu estou feliz

e ela Não perguntei, seu moço, só disse que tu estais feliz, porque tu nunca amaste

e eu fiquei frio, traguei sem dizer nada, pasmo com quão específica ela tinha sido

e ela Tu és um passarinho no primeiro voo, tu tens que bater nas árvores para aprender. O teu voo é bambo porque tu amas, somente porque tu amas, amas no além que se deve amar. E tu não diz o que quer, te faltas coragem de dizer

e eu O que queres dizer com isso

e ela Tu sabes

e eu Não sei direito que a senhora quer dizer

e ela Tu carregas segredos, tu carregas incertezas contigo. Tu não pertences a esse lugar e a essa gente. Tu vês sim, o rosto, o coração, o corpo deste matuto aí, que está lá no outro cômodo, mas é isso o que tu gostas. Perguntes a ti mesmo se tu amas o dentro, quem o matuto é por dentro. Esse dentro, o que nele que te deixa apaixonado. O que te atrai, moço, além das vestimentas e do jeito que ele fala e do passado dele como homem que gostava de mulher. Penses nisso

Eu nunca esqueci o cheiro mesclado de incenso, cigarro e perfume, assim como não esqueci a sensação da presença dela, o sorriso e as palavras, porque ela não falou somente isso, ela revelou outras coisas e traduziu outros sentimentos, tudo com essa voz calma e pausada e um jeito encantado de falar. Mas, se eu tivesse que dizer alguma coisa, diria que ela falou minha alma, assim mesmo, ela falou minha alma, descreveu minha alma, em pontos que só eu tocava comigo mesmo dentro do pensamento. E não é que eu tenha até duvidado do meu amor pelo Pedro, eu coloquei em questão quase tudo, inclusive o que eu vinha esquecendo – desde que eu tinha começado a namorar, na verdade – que era se eu ia seguir com a faculdade ou me dedicar de vez à fotografia, e isso dependia muito de saber quem eu era e foi isso que ela fez ali dentro daquele quarto, ela fez eu questionar quem eu era e o que eu queria. Por isso talvez depois, quando ela falasse com todo mundo, eu acreditei e me animei com a proposta, eu estava encantado por ela, não duvidaria de nenhuma palavra. Depois de mim? O Pardal, o último com quem ela gastou um tempo de conversa. Ficamos na sala, eu, o Pedro e o Lombra, como estávamos na hora que ela chegou, esperando alguma coisa acontecer. Dessa vez comentamos, não sobre a conversa de cada, mas de como ela era diferente de Titânia, e o Pedro contaria duas ou três histórias sobre ela, de quando ela saiu do terreiro e andou pela rua falando com as pessoas, de quando ela colocou a taça de licor debaixo do pescoço recém talhado de uma galinha, de quando ela humilhou uma velha mãe de santo em uma festa. E falaria também que ela era uma pombagira rara, porque ele nunca tinha conhecido uma Maria Faceira e que isso fazia dela meio única. Também falou que o padrinho dele – o Olegário – não gostava muito dela, que uma vez tiveram uma discussão que ninguém soube o porquê e que em festas e em todas as vezes que Maria Faceira tomou Titânia depois disso eles não interagiram ou se falaram. E conversamos até ela sair do quarto com o Pardal, como quando ela entrou ali. Foi quando ela quis juntar todo mundo na sala para um recado, que foi como ela disse. Mas, antes, era para chamar, ou melhor, para buscar três pessoas que ela queria ali, uma delas era a Juma, a outra pessoa era o Cajú e a outra era... a Kesley. São quase trinta anos que não falo esse nome, parece que a boca desacostuma. Posso fumar de novo?

Kesley era uma menina, na verdade, uma mulher, porque tinha filho, e ela e esse filho tinham uma ligação, digamos, íntima, com o Pedro. Ela entrou na história dois dias antes, no baile. Porque depois que nós subimos para a rua principal e encontramos com a Titânia, o Olegário mandou o Pedro e o Lombra subirem com ele para o Parque Oroguendá para eles cumprirem uma "função", e o Pedro e o Lombra acabaram convidando, se é que posso dizer isso, eu, a Juma e a Titânia. E o Cajú, que estava lá e o Pardal que tinha chegado de um jeito não muito amigável, pois um pouco antes disso ele tinha brigado com um homem que tinha dado em cima da Titânia, alguma coisa assim, e eu até assisti a briga – aquela parte da muvuca do baile toda assistiu. E fomos, subimos no

Parque Oroguendá, numa parte que tem um campo, assim, perto do Onixití. Foi lá que a Outra apareceu, estava com a prima, ou sei lá, sei que essa outra menina estava bêbada e que elas também estavam no baile. Ela simplesmente surgiu naquela noite, pulou na minha história sem que eu pedisse e num momento em que eu estava despreparado para sentir o que ia sentir depois que ela surgisse. Porque depois que ela e a prima apareceram, o Pedro mudou comigo, ficou duro, os olhos arregalados, assim, como se ela fosse um policial surgido do nada. E logo minha anteninha se levantou. Comecei a observar, o jeito que ele olhava para ela, o jeito que se cumprimentaram, o que falavam, como falavam e como ela agia também, porque ela – a Outra – não soube disfarçar, seus olhares e seus gestos ficaram estranhos e ela só ia se soltar depois, quando já estaríamos praticamente todos bêbados. E minha desconfiança ia se mostrar certa, porque nessa mesma noite a Titânia, muito bêbada, deixaria escapar quem ela era, e isso na frente do Pedro, sem se importar. Ela me contou, ou melhor, ela me perguntou se eu sabia que Pedro tinha um filho, que, claro, ele não via o menino mas que o menino existia. E ela olhou direto para a Outra e falou E a mãe, ela 'tá bem ali...

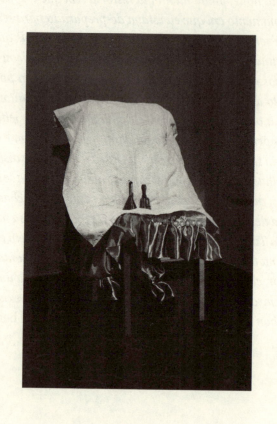

...ela mandou me chamar e eu estava indo dormir. Mas, olha, parecia que eu 'tava sentindo, porque eu não conseguia pregar o olho e não só porque o que tinha acontecido não saía da minha cabeça mas porque eu 'tava sentindo alguma coisa mesmo, uma intuição estranha. Até que bateram na minha porta e quando abri me deparei com o Pombo, o Cajú e a Kesley debaixo de chuva, uma chuvinha de madrugada, porque tinha passado da meia-noite. O Pombo falou A pombogira 'tá te chamando, quer falar contigo e eu devo ter feito uma cara de quem não entendeu porque ele falou A pombogira da ... 'tá te chamando na casa dela, mandou eu buscar eles e apontou pro Cajú e pra Kesley, que também tinham uma cara de meio assim não entendo. E eu fui, sem bem saber o motivo, só me deu vontade e eu fui, subi com eles. No caminho ainda o Pedro contou o que devia já ter contado pros outros, que a pombagira tinha incorporado na Diaba depois que eles – ele, o Windson, o Lombra e o Pardal – chegaram e que ela já tinha conversado com cada um deles e que agora 'tava lá esperando. Eu perguntei o que ela queria com a gente e ele falou que não sabia, que ela só tinha juntado todo mundo na sala e que só falaria o que queria falar quando todo mundo – a gente, que 'tava indo – tivesse lá reunido. E foi o que a gente encontrou quando chegou, o Pedro abriu a porta e eu me deparei com o Windson sentado no sofá – ele amarrou a cara na hora que viu a gente –, o Lombra em outro e o Pardal acendendo o cigarro da pombagira, que era a Diaba mas não era a Diaba: era o corpo da Diaba, mas ela não sentava como a Diaba, a perna era a mesma, mas cruzada de um jeito diferente, e o resto, os olhos eram os mesmos, mas outro olhar, os dedos que seguravam o cigarro eram os mesmos, mas não segurava o cigarro igual a Diaba. Deu pra ver na hora que ela 'tava mesmo tomada por alguma coisa e acho que por isso, de primeira, eu acreditei nela – na pombagira – e ficaria crente por um bom tempo.

O mesmo que ela tinha feito com os outros, o que o Pedro tinha me contado, ela fez com a gente, chamou um por um no quarto, que era o quarto da Diaba, e conversou. Ela falou coisas boas para mim, me chamou de guerreira, disse que eu tinha sobrevivido a muita coisa e não à toa, que nada era por acaso e que eu não amava porque eu não me permitia ser amada e que eu tinha axé para ganhar dinheiro e que tinha que aproveitar disso. Coisas assim. Não vou dizer que não acreditei ou que acreditei, eu só escutei e concordei e não respondi, fiquei escutando. E olhando na cara dela e tentando achar a Diaba na cara dela, mas eu não achava. Depois reuniu a gente na sala de novo e começou a falar. Ela queria falar pra gente de uma proposta, era o que ela queria. Só que, meu querido, agora, depois de tantos anos, parece que eu consigo entender – parece não, porque eu pensei muito sobre tudo e por muito tempo. Porque, olha, ela falou com todo mundo, um por um e para cada um, eu sei, eu sinto, ela falou coisas que cada um queria escutar, ela amansou todo mundo antes de vir com a tal proposta. Ela propôs *a gente fazer um samba fandango. No jeito que se fala aqui em Enseada, samba é a mesma coisa que história, ou farra também, e fandango é como a gente chama o rojão, se dizem "soltaram uma fandangada" quer dizer que soltaram fogos no céu, por qualquer motivo que seja. Quando se diz "um samba fandango", "ah, fulano fez um samba fandango", quer dizer que o fulano fez confusão, que ele fez uma tramoia, trocou as coisas de lugar. É isso que quer dizer e é isso o que ela propôs. Ela queria o seguinte: a gente, todos que 'tavam ali, sem tirar nenhum, iam formar uma quadrilha – ela usou essa palavra –, que do mesmo jeito que uns – ela quis dizer o Quitungo – tinham feito, e essa quadrilha ia enriquecer e que todos, sem tirar nenhum, teriam a proteção e o axé dela, que nada de ruim ia acontecer, que o axé ia ser forte e que todos iam subir de posição. Assim, desse jeito, sem pestanejar. Ela falou de pé e todo mundo escutou sentado e todo mundo não reagiu de primeira, a gente escutou e na hora começou a pensar. O que eu acho engraçado, porque quem não queria ia negar de uma vez, de supetão, mas até o Lombra e o Pombo não responderam na hora, não. Todo mundo ficou calado e ela ficou esperando, sem cobrar, só olhando mesmo e fumando. Quem quebrou o silêncio foi o Pombo, ele começou a dizer que não dava para fazer isso aí e ela cortou ele, bem seca, apesar de educada, sem gritar, e disse que queria que cada um falasse por si e apontou o Pardal primeiro. Ele limpou a garganta e falou na lata que topava, que se era para começar a acabar com o império – ele usou essa palavra – do Quitungo, que então ele toparia. Ela sorriu e sentou na cadeira de novo. Todo mundo olhou para o Pardal e ele mexeu os ombros e repetiu que topava* sim. Então ela apontou para a Kesley mas, antes de ouvir o que ela tinha a dizer, a pombagira disse que era para ela lembrar de quem era e da situação que ela 'tava metida antes de falar, querendo dizer – depois a gente ia entender isso – que ela era pobre e tinha filho pequeno e mulher e solteira e que aquela era uma oportunidade de ela ser destaque. E a Kesley falou que topava também, porque não via motivo para não aceitar se a pombogira ia ajudar a gente. O Pombo olhou ela com o olho desse tamanho, nem disfarçou e o Windson nem disfarçou porque olhou também. Quem sabia da história – eu fui entender essa história depois também – entendeu, ele – o Pombo – olhou porque pareceu que ela falou sem se importar com o filho, e deve ter sido isso mesmo, porque depois eu ia descobrir que a Kesley não era lá aquela mãe zelosa, não. A pombagira apontou o Cajú e ele negou de prontidão, disse que não queria falar os motivos mas que negava a proposta. Ela não falou nada, continuou sorrindo e continuou fumando. Eu fui a próxima, ela apontou pra mim e perguntou minha resposta e eu demorei porque simplesmente não sabia o que falar, eu nem tinha entendido se eu topava ou se eu não topava, na verdade eu não topava porque eu não era tola, ela 'tava dizendo pra gente ir pro crime! Não era uma brincadeira o que ela 'tava propondo, era um declínio de carreira, eu sei que eu era uma puta, mas ir pro crime? Isso era declínio de carreira pruma travesti. Mas, da mesma forma que no fundo a alma gritava que eu não queria e que eu não deveria, eu não podia falar com certeza que não ia e que não queria, porque pensei, porque eu cogitei alguma coisa, porque eu imaginei coisa na cabeça, imaginei eu com dinheiro e arma, que é o que dá poder nessa *merda de mundo e que, realmente, às travestis, aos viados, às bichas, não era permitido a arma, o poder era conquistado pela mulher e pelo feminino de outro jeito. Por isso demorei para falar, por isso fiquei olhando pra cara dela com a boca aberta e pronta pra falar, mas minha cabeça parecia não combinar, tudo ficou travado. E ela ficava olhando também, com aquele sorriso que já 'tava começando a me irritar. Só que eu topei, quando falei as únicas palavras que falei foi "eu topo" e mais nada, arrependida na hora, sim, mas foi o que eu falei: "eu topo". Hoje eu acho que era por que eu não tinha muito a perder, não, e realmente eu acreditava na Maria Faceira, achei mesmo que ela ia proteger a gente, que ela ia proporcionar a sorte, já que era ela mesma que 'tava propondo, não? Só sei que eu disse que topava e ela não reagiu, foi pra outro e apontou o Windson. Ele também negou – e o motivo dele, o pior motivo, a gente ia descobrir bem depois mesmo, o que foi ruim, tivesse a Maria Faceira revelado naquela hora e teria gente que não teria morrido, eu tenho certeza – e ainda pediu desculpas por negar. Ela de novo não reagiu, somente virou o corpo na cadeira para a direção de onde estavam sentados o Pombo e o Lombra. E o Pombo falou pelos dois, continuou de onde ele tinha parado. Ele não topou e falou que o Lombra também não toparia, que nem era preciso perguntar pra ele, porque eles não iam correr risco de morte, que eles montarem uma quadrilha ali significava que ele e o Lombra 'tavam rasgando a camisa, porque quem mandava no morro inteiro era o Quitungo, que tinha, sim, lá no Topão o grupinho do Vodú, mas que o Quitungo mandava em todo o resto e tinha biqueira no morro todo e que ele ia cair em cima e que a língua dele não era conversinha. E ela riu, riu de gargalhar, como se tivesse zombando e todo mundo ficou espantado porque ela – a Maria Faceira – não era irônica, ela quis mesmo mangar do "medo" do Pombo, ou pelo menos foi isso que eu entendi. E ele ficou bravo, falou* Pode rir, a senhora pode rir *que ele não ia aceitar, que era variação isso de, agora, a gente ali criar quadrilha, que só ele e o Lombra ali tinha alguma experiência com crime e nessa hora o Pardal virou e falou* E como tu tens certeza disso? *e ele falou com razão, porque parecia que o Pombo tinha esquecido que dois dias antes 'tava todo mundo atirando, e alguns atirando muito bem, lá no campado do Parque Oro-guendá, e não devo ter sido a única que pensou porque todo mundo então começou a discutir, quem 'tava preparado pro crime e quem não 'tava, quem já tinha matado e quem não, quem já tinha roubado e quem não, e eu discuti também, não nego. E o saldão, o saldão foi o seguinte: todo mundo, menos o Windson, se pôs como preparados para o crime; o Pardal disse que tinha matado uma mulher e todo mundo julgou e questionou ele, só que ele deu poucos detalhes, re-sumindo somente em "matei uma mulher uma vez e há muitos anos"; o Cajú confessou para todos, depois de um momento de silêncio em que ele deixou todo mundo discutir, que tinha vindo do Rio de Janeiro porque matou um cara que assediou a mãe dele no ônibus; a Kesley falou que tinha matado um gato enforcado quando ela era criança e eu falei que matei um cliente quando eu tinha vinte e um anos e que matei para não morrer, o cliente quis fazer roleta russa comigo e eu tomei da arma quando consegui e atirei mesmo, que as travestis me ajudaram a sumir com o B.O.; Windson falou que roubou bijuterias de uma boutique com uns amigos; a Kesley falou que já tinha roubado muito, em mercado, loja de roupa, feira, igreja, caixa de correio dos outros; o Pardal falou que já fez alguns bicos de roubo, algumas cargas de caminhão que fez; o Lombra falou que roubava locadoras; o Cajú falou que não roubava; eu falei que já roubei cliente e já roubei outra travesti também. Todos ali eram sujos, foi o que todo mundo entendeu e todo mundo se encarou, isso enquanto a Maria Faceira olhava pra gente sem dizer e só beber, porque nem quis interromper para pedir um pito. E quando falou, ela arrematou. Mandou a gente ir embora e deitar que nos sonhos a gente ia saber. E desincorporou, do nada, só soltou a Diaba e ela quase caiu, tonta.*

E porque ninguém no fim falou e nem se mexeu que, dias depois, a gente de novo 'taria na Diaba, mas de dia e discutindo o que queríamos, ainda que todo mundo sabia o que todo mundo queria, que o dinheiro era o que unia aquela discussão e aquela vontade toda. Porque ninguém nunca falou mesmo que topava alguma coisa que, dias depois, o Lucas Rafael, o tal Tripa, ia ser chamado para entrar naquilo que ninguém falou que topava, pois de acordo com o que o Pombo falou aquele matuto tinha boa cabeça para números. Porque ninguém admitiu que topou, porque ninguém falou nada que o Tripa ia revelar saber o dia em que abasteceriam os caixas eletrônicos de um Bradesco no Jardim Aliança e a gente ia questionar como ele sabia disso, a gente, que não tinha topado nada, e ele ia falar que o tio trabalhava como segurança no carro-forte e que era só ele ligar para a tia perguntando se o tio estava em casa e que se ela dissesse que não, que ele então tava em serviço e que no meio do mês tal era certo que seria no Bradesco da avenida principal do Jardim Aliança. Porque ninguém falou nada e só concordou que dias depois o Tripa ia bater na porta de alumínio da casa da Diaba às cinco da manhã de uma quarta-feira dizendo que trouxe o revólver do pai e que isso ia incentivar a Diaba a realizar o plano que tinha contado, que ia roubar uma penca de bico que 'tava dentro da loja do Pardal, escondido lá por acordo com os quitungos, e ela acabaria indo naquela noite mesmo e todo mundo com ela, formando o que a gente não tinha topado, carrinhos de mão e até risadas e umas piadas, e a gente pegou os bicos e voltamos para a casa dela com os carrinhos cheios, em plena madrugada. E porque ninguém negou que dias depois tudo seria usado, porque a gente ia se dividir, que eu e Kesley, a gente ia para a fila fingir que a gente era só gente indo no banco, que os outros iam aparecer em um carro que Pardal garantiu conseguir. Aconteceu assim, foi desse jeito. E não deu nada errado. Eu e a Kesley, a gente fingiu que era vítima, eles chegaram de carro e, de camiseta na cabeça, renderam todo mundo, inclusive os guardas e o motorista do carro-forte que tinha acabado de estacionar para fazer o abastecimento. A gente tinha um papel que podia ser usado ou não, e ele teve que ser usado, porque os seguranças quiseram dar uma de engraçadinhos e subestimar os fuzis que a gente 'tava carregando, então eu e a Kesley tiramos os revólveres da roupa e pegamos duas reféns, e daí eles murcharam. Pegamos os sacos e vazamos, com o carro que o Pardal roubou e o carro-forte que foi sequestrado pelo Pombo, pelo Lombra e pela Diaba, enquanto a polícia era chamada e já começava a procurar a gente, os carros desciam, indo pro Granjão, e lá a gente ia botar fogo no carro-forte e matar o motorista e os dois seguranças. A sorte do tio do Tripa foi a diarreia que estourou nele aquela manhã, senão ele seria outro enterrado. Um deles levou bala da Diaba, mas esse até eu defendo e concordo, porque ela e o Pombo contaram que o bofe era abusado, que ele ficou chamando ela de mano, de maluco, mesmo com o bico apontado pra fuça dele. Ela ajoelhou ele e estourou aquela fuça.

A imagem é boa, a gente, todo mundo, a Diaba, o Pardal, o Pombo, o Lombra, o Windson – que a gente agora chamava de Lente –, a Kesley – que agora era Índia –, o Cajú e o Tripa, rodeando a cama da Diaba, dentro do quarto dela, e o dinheiro, todo aquele dinheiro, em cima do colchão. Os maços de dinheiro empilhados e a gente olhando como se tivesse olhando uma santa. Essa imagem define o que a gente não topou, porque não dava pra negar que tudo tinha dado certo e que parecia mesmo que a pombagira 'tava com a gente. E ela não tomou a Diaba aquele dia, ela ia aparecer por causa do que o Quitungo fez quando ele soube que a nova quadrilha que todo mundo 'tava falando, porque a gente saiu em jornal de papel e em jornal da tevê, o programa de reportagem ficou rondando o Aliança e gravando a frente do banco, que aquela quadrilha era formada pelos irmãos de santo dele e pelos funcionários dele – o Pombo e o Lombra. Ele foi cobrar respeito. O Pombo e o Lombra faltaram no posto deles na Boca da Borboleta e isso fez os quitungos desconfiar, dois dos matutos foram mandados fuçar por onde Pombo e Lombra andavam e eles viram muitas vezes não só os dois mas também a gente

*entrar na casa da Diaba. O assalto ao carro-forte só deixou
tudo mais suspeito. Então um dia, do nada, ele apareceu e
só o Cajú, Tripa e Kesley não 'tavam. Ele logo perguntou
que história era aquela que o Pombo e o Lombra 'tavam
rasgando a camisa e eles – o Pombo e o Lombra – logo
negaram, que não 'tavam rasgando camisa nenhuma e o
Quitungo mandou eles pararem logo de mentira e os outros,
que eram vários, ele veio bem acompanhado, pegaram todo
mundo e meteu nos carros. Fomos levados pra um campado
do Barrinha, onde não tinha poste nem luz nenhuma* e
por mais que estivesse gravando, nenhuma voz estaria
sendo captada por Andrea, porque nesse momento ela
(ainda sendo ele) estaria arrependida do recolhimento
das histórias, porque sentiria o mesmo vago que sentiu
*quando eu desejei naquela hora nunca ter aceitado estar
naquela situação, nós fomos postos de joelhos como animais,
os* **bandido***s que estavam com o Olegário não estavam de
brincadeira, todos eles estavam armados e furiosos, sendo
brutos ao máximo e eu comecei a chorar, não tenho vergonha, eu tive um medo ali de cagar na calça. Colocaram
eu e a Juma de joelhos e no meio do ajuntamento, assim, a
Titânia, o Pedro, o Lombra e o Pardal, que eram os envolvidos com a facção do Olegário. Eu poderia dizer que teve
uma discussão mas não foi bem assim, o Olegário que falou
e só ele falou. O Pedro olhava para o chão e não levantava
a cabeça de jeito nenhum, enquanto o Lombra olhava com
olhar de honra, dava para perceber, não era de desafio, era
de honra mesmo, de quem não se arrependia de nada, e que
era parecido com o jeito que o Pardal encarava o Quitungo,
sereno, como quem diz que se arrepende e que também não*

se arrepende. A Titânia olhava com ódio e isso desafiava o Olegário, porque ele falou do olhar dela várias vezes antes de fazer alguma coisa, gritando por que que ela olhava daquele jeito, a acusando de ser a cabeça de tudo. E o Pedro contou tudo, quando o Olegário se virou para ele e começou a descrever a decepção em tê-lo criado para ele querer tomar o lugar dele quando crescido, que esperava tudo de todos ali mas dele não, dele nem em sonho ele imaginou vir traição. E o Pedro contou tudo, em lágrimas, em prantos, como um matutinho pequeno falando para o pai, que depois do acontecido no terreiro nós tínhamos ido até a casa da Titânia e que lá a pombogira a pegou e propôs que montássemos a quadrilha e o Olegário falou E tu fizeste tudo isso indo em onda de pombagira, Pombo?, *assim, indignado e isso deixou o Pedro pior, porque o choro aumentou e os soluços também e ele começou a se humilhar pedindo desculpas de um jeito que até o Lombra estranhou que falou* Deixa disso, não precisa disso *e o Olegário questionou o que ele estava falando e virou a atenção para o Lombra e falou também em decepção, já que sempre que o Pedro falou nele foram boas coisas as que saíram de sua boca. E, então, ele perguntou de novo, na verdade ele pediu, ele pediu o motivo, por que o Pedro e o Lombra estavam rasgando a camisa. O Pedro tentou de novo argumentar que ele não estava rasgando camisa coisa nenhuma, que nós somente tínhamos feito uma função, que foi carro-forte e acabou, que a gente não dominou nada, nem vendeu nenhuma droga e nem matou ninguém, que não dava para dizer que éramos mesmo uma quadrilha. E ele disse* 'tão rasgando a camisa sim, cometeu crime sem permissão com amiguinho é rasgar a camisa e que o caldo que eles iam tomar era proporcional e que o crime de um deles só era o maior, que era o do Pardal, porque tinha sido delegado a ele guardar as armas que nós roubamos em uma madrugada, porque as armas eram da facção do Olegário. E ele cumpriu. Mandou três homens, não sei, que agora já me embaralha a lembrança, mas acho que foram uns três homens, eles pegaram o Pedro e o Lombra e os arrastaram até uma árvore que tinha próximo de nós, com uma das raízes muito grossa, para fora do solo, assim, ali que ele mandou os homens segurarem as mãos dos dois sobre o galho, assim... Desculpa, é um pouco difícil lembrar dessas coisas... Eles colocaram as mãos deles à força porque, claro, eles não queriam e o Olegário mandou trazer o facão que estava no carro dele. E ele mesmo fez, ele mesmo desceu o facão na mão de cada um, arrancando no talo os três últimos dedos. E ele sabia que para o Pedro isso ia ser a mesma coisa que a morte, ele sabia, porque sem os dedos ele – o Pedro – não ia conseguir tocar atabaque nunca mais na vida, ele sabia, ele fez de maldade, com muita maldade. Mas não parou nisso. Ele nem se importou muito, fingiu não escutar os gritos, deu meia-volta com ar meio vitorioso e foi até a Titânia e falou que ela merecia ficar torta e os homens entenderam rápido e começaram a espancá-la, com todas as letras, es-pan-car a Titânia, de chute, soco e coronhada, mas ela não desmaiou, ela era grande e forte, aguentou tudo sem gritar, sem reclamar e sem deixar de olhar com todo o ódio do mundo para o Olegário. Nesse espancamento um braço e uma perna pelo menos ela quebrou, nós – eu e a Juma – conseguimos ouvir o barulho. E não desmaiou quando deveria ter desmaiado, porque assim ela não ia ver *o que viu. O final dessa noite horrorosa, quando o Olegário chegou perto do Pardal e repetiu que o ato de traição dele tinha sido pior e que ele tinha roubado o crime e tinha que pagar mas que ele – o Olegário – sabia que ele – o Pardal – não tinha como pagar quase cem mil em arma. Então ele olhou para um dos subalternos, e pediu o revólver. Mais tarde ela me contaria, ela, Titânia, que tinha pedido para a pombagira que alguma vingança fosse feita. O pedido se arranjou e ela pagou o preço da pombagira, ela deu o amor de presente pelo poder.*

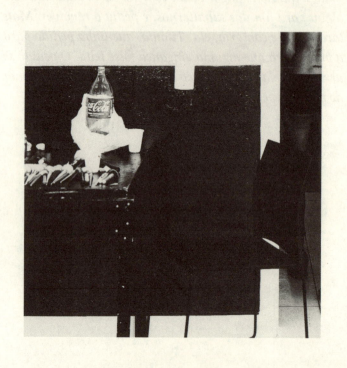

O barracão estaria escuro agora e Lara teria escutado com muita atenção nas palavras, a mesma atenção grave com que escutava suas clientes no momento do jogo de búzios ou no momento de ouvir uma fofoca de uma irmã de santo. Teria escutado a voz deles (Windson, Juma e Luzia) dentro da voz do iaô (Andrea) e dentro de si traçado um paralelo do que era dito com o que sabia de ouvido, porque a história anteriormente havia sido transmitida da mesma maneira, avivada através da voz, como uma herança. Teria sentido um incômodo, como uma chama morna aquecida aos poucos, e conforme escutasse as palavras descreverem os principais pontos de quando

– A Juma falou a mesma coisa que o Windson, que a Titânia se transformou em uma pessoa pior depois da morte do Pardal. Que seis meses depois, recuperada do espancamento, ela levantou cedo em um dia e subiu aqui no Topão e foi falar com o Venâncio.

– Essa história eu sei bem, a mãe Zilda me contou uma vez. E não sei se tu sabes, mas o Venâncio tinha sorte não só por essa história de que ele era filho do Águas de Prata e que por isso Olegário não podia mexer com ele. É porque ele era *filho carnal* de mãe Zilda e a mãe Zilda era muito mas muito amiga do pai dele, do meu finado tio Sérgio e Olegário sendo filho de Sérgio tinha que passar a perna por dois muros para mexer nessa história. Mas Olegário não é que não podia fazer alguma coisa: ele não queria fazer nada. Para falar a verdade, meu filho, nem a mãe do Venâncio (mãe Zilda), porque ele só foi indo, foi indo, quando parou para perceber, o filho já estava vendendo droga aqui no topo. Quando ela menos percebeu, ele foi preso e, quando ela menos percebeu, ele voltou da cadeia batizado de facção e com contato e proteção e fornecimento. A Baía Grande, aqui atrás, que é como todo mundo chama há muitos e muitos anos, quem comandava isso era o Venâncio, que era de pai Exu, para ficar bem claro para ti, dofono. Ele comandava, ele que cuidava da droga que chegava pela água, direto para ele e para os negócios dele e no Morro do Pó, onde ele tinha parceiros, assim como o Olegário tinha há muitos anos. Mas o babado entre eles ia acontecer anos depois da morte da Titânia, e a morte do Venâncio foi outra tragédia para essa casa. A mãe Zilda nunca se recuperou, até morrer, ela mesma, em 2016. Mas o dia que a Titânia subiu aqui, isso ela lembrava bastante. Primeiro bateram palma lá embaixo, no portãozinho da Praça de Agê, e naquela época todo mundo olhava uma travesti que estava andando à luz do dia, então o povo começou a olhar, a pôr a cabeça para fora da janela e parar a caminhada só para averiguar o que aquela travesti alta fazia batendo palma feito doida na porta do candomblé. Até que a finada Salete foi até lá e abriu, porque não se fecha a porta da Casa para ninguém. Ela (a Titânia) se apresentou, mas nem precisava, porque a filha transexual do finado tio Sérgio era conhecida e naquele tempo a história da saia no Ajodún de Oyá também já tinha corrido a macumba toda. E a finada Salete deve ter perguntado o que ela queria por ali e ela (a Titânia) deve ter respondido calmamente, como imagino que estivesse naquele fim de manhã, que queria falar com o Venâncio, até porque ele era quem era, mas não tinha deixado de morar no terreiro, com a mãe, por ser quem era ou por fazer o que fazia. E a finada Salete deve ter pedido para ela esperar na Varanda, lá embaixo, e deve ter subido até a casa da mãe Zilda e falado direto com o Venâncio que, a mãe Zilda me contou, ficou muito interessado em conversar com ela (a Titânia). E eles se encontraram perto do barracão, aqui onde estamos e (Lara apontou o lado de fora e o iaô olhou) devem ter sentado ali, naquele banco. A Titânia falou na lata o que queria e o que ela tinha feito, que ela e os outros (o Pedro Pombo, o Rima, o ogã Pardal), que tinham roubado o carro-forte dias antes e que o Olegário tinha feito tribunal e arrancado os dedos de ogã Pedro e matado Pardal no tiro. E ele não só confirmou como falou que sabia de tudo porque a mãe dele (a mãe Zilda) tinha descido dois dias antes na casa de meu tio Sérgio, que tinha contado tudo para ela, estava preocupado com o jeito que as coisas estavam indo. E perguntou o que era que ela queria dele e ela deve ter confessado o roubo, na lata. E pediu proteção, pediu proteção, arma e droga, pediu que ele a ajudasse a tomar o baixo do morro. E o Venâncio deve ter dito também na lata que não, que ele não ia cometer uma loucura dessa, que ajudar a Titânia era não só comprar briga com o axogún **bandido** quanto era ir contra o terreiro de tio Sérgio, um terreiro que descendia daqui e que não era dessa maneira que as coisas aconteciam. E ela deve ter utilizado a cartada que ela ainda não tinha utilizado mas que devia estar guardada na língua há muito tempo, porque devia ser o que ela vinha pensando e é o que eu pensei muito tempo, em todas as vezes que pensei nessa história e todas as vezes que contei essa história, que *por que* eles (os homens) puderam fazer isso tudo na hora que eles quiseram. Porque o tio Sérgio, mesmo sendo quase uma tia de tão feminino que era, se envolveu com o finado Violeiro, trazendo o crime para dentro da macumba e porque, depois da morte do Violeiro, o ogã Olegário facilmente, muito facilmente, tomou do usurpador (o homem que matou o finado Violeiro) as bocas e o posto que tinha sido do pai dele, virando o maior **bandido** que esse morro conheceu. Porque o próprio Venâncio quis ser criminoso e conseguiu na hora que quis, sem ajuda da mãe, mesmo que a mãe Zilda também não fosse flor que se cheirasse, foi sozinho mesmo, porque ele se batizou na cadeia (lugar de homem) e conseguiu o que quis, sem algum obstáculo, mas na verdade foi oferecido a ele. Porque eles fizeram tudo isso muito facilmente. O Violeiro, quando quis, capou o português nos anos setenta, quando quis, roubou banco, sequestrou mulher rica de Cidadela, sequestrou filho de artista, roubou carro e moto, roubou loja grande, quando quis ele fez isso, e comprou fornecimento de droga com **bandido**s do Pó quando quis, e o mesmo para o filho, porque o Olegário tomou o lugar do pai quando quis e se batizou (como o pai) no CVE e conseguiu mais arma, mais droga e mais proteção quando quis. E não me convence colocar algum obstáculo na parada, porque esses homens conseguiram arma para matar o adversário muito facilmente e depois de feito o que eles tivessem feito: não teria julgamento, porque eles eram homens e estavam fazendo coisa de homens. E ela (a Titânia) deve ter pensado nisso, mais, ela sabia disso, ela tinha noção disso e deve ter dado essa cartada, deve ter dito, questionado, por que *ela* não conseguia tão facilmente. Ela deve ter dito coisas parecidas com as que eu falei agora, colocando na cara do Venâncio o poder que eles tinham antes de ter o poder verdadeiro, que eles podiam bancar o desejo deles como se tivessem sido ensinados para isso ou ensinados que podiam conquistar esse poder somente por serem quem eram e por terem nascido como nasceram. E ela deve ter dito com um ódio, eu imagino, um ódio na voz, um rancor, quase um desespero, tentando convencer o Venâncio de que ela tinha o mesmo direito que eles, que ele sim dominava aqui o Topão e não por ser filho da mãe de santo do terreiro, que o ogã Olegário dominava todo o restante da favela porque matou todos os outros **bandido**s menores, que então ela tinha o mesmo direito, que qualquer pessoa naquela favela tinha o mesmo direito, que qualquer mulher, homem, sapatão ou viado da favela podia, a hora que quisesse, pegar uma arma, arrumar carga de droga e vencer o salário mínimo, mesmo que não facilmente, porque não seria facilmente, às crianças, velhos e mulheres é negada a reação. E eu acredito que ela tenha mesmo dito tudo isso porque, como todo mundo sabe, o Venâncio aceitou ajudar. Ele, que já era responsável pela Sintonia do Estado de Enseada, batizou ela, uma travesti, sabendo que falariam dele e o julgariam como falaram e julgaram, até um salve foi solto para discutir a decisão e, a mãe Zilda me contou, ele foi e desenrolou, não sei o que ele falou e nem consigo imaginar, mas problema não conseguiu também. Passou a ser quase um padrinho da Titânia, e supriu o plano dela. Ela virou mesmo outra pessoa depois que conseguiu poder político, porque era isso o que ela tinha conquistado, mais que as armas, mais que a carga de droga, mais que o direito a montar a biqueira, mais que o advogado, era a cobertura política o que importava e o que era mais precioso. E era algo que ela lidava muito bem, porque a Titânia se fez, ela mesma se virou e foi através da política, a política mais natural de todas, a da sobrevivência, tu nasces e tu deves se virar com essa vida que existe em ti. Ela subiu pela política, uma política que só ela sabia fazer. Ela foi expulsa do exército com dezenove anos porque, ainda um menino, foi vista "vestida de mulher" em um carnaval e desse acontecimento ela fez força para ser a mulher que sempre quis ser, ela saiu do quartel com a mochila nas costas e entrou na primeira farmácia atrás de um gestadinona; meses, somente uns meses depois, Titânia já estaria morando dentro da casa da Carola e sendo levada para a avenida por ela, sem peito, sem coxa e bunda, sem silicone nenhum, somente hormonizada e com uma peruca na cabeça e um salto no pé e uma bolsinha no braço, e sendo sensata do grande jogo, porque ela começou a trabalhar e começou a entender o que era aquele mundo e a pessoa que ela olhava, claro, era a Carola, era a Carola quem a Titânia queria se tornar. E ela virou amiga, mas não acredito que tenha sido no interesse como a Juma falou, acho que ela virou amiga mesmo, porque elas começaram a se aproximar porque a Carola não escondia que estava enxergando a Titânia como uma preferida, uma filha preferida, porque as cafetinas chamavam as meninas de filhas mesmo. Virou amiga de uma convivência estreita e aí, sim, ela começou a cobiçar, porque começou a ver todos os dias, quase todos os dias, o poder que a Carola tinha, os homens que a Carola tinha, o respeito que a Carola tinha. A Titânia nunca tinha sido nada, coisa nenhuma, só reprimida por aquele pai horroroso e perdeu a mãe, a figura feminina, muito cedo, uma criança praticamente. Ela fez, ela virou amiga da Carola bombando com a Carola, virou amiga pegando perfume, peruca boa – depois ela ia começar a colocar trança, umas tranças fininhas, até depois da bunda, e se manteria assim até morrer –, que mais, roupa, um *carro*, tudo financiado pela Carola. E virou amiga pagando tudo depois, certinho, com o trabalho – difícil – dela. Como ela conseguiu pagar eu não sei, porque é verdade mesmo que a Titânia não batia muita porta, nos anos noventa a falta de passabilidade dela atrapalhava, não é como as meninas me contam hoje, porque tenho algumas amigas que fazem rua, que hoje eles querem as que estão no comecinho ainda, as com peitinho de hormônio, o porquê a gente imagina. Ela não era muito escolhida, não. Mesmo depois do silicone – ela bombou o peito, a coxa e a bunda – ela não ficou passável e ela não ia conseguir, por mais que quisesse, bancar uma cirurgia na cara naquela época. Ela se fez como, dofono? Através da política e através da magia, desenvolveu a pombogira dela e foi aprender a fazer feitiço. A Titânia começou a enfraquecer a cafetina dela aos poucos. Primeiro quebrou o anjo da guarda, colocou uma vela para o anjo da guarda de Carola dentro de um copo com água e esperou o copo quebrar certinho no meio como confirmação de que a partir dali a Carola estava sem proteção. A Carola não se ligava em espiritualidade, ela não teria o que fazer, ela não tinha nem como saber, isso só foi um terreno livre para a Titânia. Que fez de um tudo: comprou oito caramujos e os colocou numa gaiola e nela espalhou papéis e mais papéis com o nome inteiro da Carola escrito – o nome morto, que se diga. Alimentava com alface os caramujos enquanto eles deslizavam em cima do nome da Carola, a deixando lerda a cada dia que passava; fez padês a várias pombogiras, com direito a orô de franga, mesmo que ela não tivesse idade para matar bicho; fez oferenda para Egúngún com o nome da Carola; colocou uma bacia de ágate cheia de bofe de frango e porco no pé de uma árvore e jogou dendê e sal, como oferenda para as Mães e foi com esse fuxico que ela matou a cafetina de vez. Qual o resultado disso? Na reunião das cafetinas mais velhas foi o nome dela o escolhido para cuidar do ponto e da casa da Carola. E ela negou, ela disse não e saiu da casa – estava livre agora –, porque não era tola, ela (a Titânia) sabia que tomar o lugar da cafetina era muito na cara, porque quando a Carola morreu de uma hora para a outra, seca e esturricada, todas as meninas apontaram, umas pelas costas e outra bem na cara, a Titânia como responsável, ela era a única feiticeira ali, não que outras meninas não iam na macumba, mas é por isso mesmo, elas *iam* na macumba, não eram macumbeiras, ela (a Titânia) era a única e foi apontada, como bruxa. Então não tomou o lugar da cafetina, por isso discordo de Juma quando ela disse que a Titânia virou chefe de quadrilha porque não conseguiu ser cafetina, ela nunca quis ser cafetina. Ela foi ser só uma chefe porque saiu da casa e foi para a avenida e com sua fama, tanto de puta da Carola quanto de puta que, parece, matou a Carola, ela começou a cobrar das meninas em troca de proteção, porque ela tinha tudo, ela tinha altura e corpo, ela tinha toda uma série de exercícios de um ano inteiro de quartel na memória daqueles músculos que faziam o corpo e a altura, ela tinha a fama de macumbeira sagaz, ela tinha um arsenal de aspectos que a favoreciam, por isso eu acredito que não foi difícil ser essa anticafetina sendo quem ela já era. As histórias de como ela era ruim nesse tempo, bem, eu tenho minhas dúvidas, dofono. A pessoa da Titânia é conhecida, muitas meninas novas já ouviram falar dela, porque o ejó corre e, através dos anos, porque ter uma história com a Titânia virou trunfo, quem tem tem, e pode contar, quem não tem que chore. É isso que virou. As histórias são recontadas assim. E essas histórias não são diferentes das de outras travestis que conseguiram poder, todas têm alguma história de ruindade, se não nessa boca, na outra. Então, acho que devo pontuar que a Juma contou tudo com muito rancor. Porque ela (a Titânia) protegia mesmo as meninas, cliente ou qualquer um que mexesse ou pusesse a mão em uma travesti dela, dofono, quem fazia isso estava condenado, porque ela não perdoava e mesmo indo acompanhada de várias travestis, várias travestis, era ela quem resolvia, na mão, na faca e na bala também, porque ela sabia atirar como soldado, certo? Muitos morreram nessa de mexer com alguma travesti protegida da Titânia. A Juma não comentou isso, se eu não estiver errada. E a Vanessa apenas foi um espelho que ela (a Titânia) encontrou, porque quando ela (a Vanessa) fez o motim que tentou linchar a Titânia foi porque ela tinha os mesmos ideais, sabia do jogo do mesmo jeito e queria jogar do mesmo jeito, apenas um pouco mais apressada. E ela (a Titânia) saiu da avenida e alugou uma casa no Parque Oroguendá e ficou tranquila não porque fizeram um motim, eu acredito que ela tenha visto – na noite do motim mesmo – que quase todas as travestis da Atlântico se voltaram contra ela e que seria um trabalho muito grande recuperar aquele respeito, e sair assim e viver tranquilamente num bairro da subida da favela depois de tudo, ela pôde fazer isso porque nenhuma das travestis tinha peito para enfrentá-la individualmente. Na verdade, muitas tinham, mas nenhuma foi. Ela ficou tranquila, sabendo que atendia pouco, mas o pouco que conseguia bancaria um aluguel num barraquinho e as coisas dela, um fogãozinho, geladeira, armário, cama, foram compradas com o dinheirinho que ela tinha guardado. Eu não vejo uma Demônia, eu só vejo uma travesti cansada e querendo viver. É horrível, é doloroso, a gente imaginar que uma travesti podia se sentir assim com menos de trinta anos, mas vai ver a vida de uma travesti, não só a vida de antigamente mas a de hoje também, as melhoras são tão ilusórias, dofono, porque eu não vejo como melhora a travesti ser caixa de um supermercado e dizerem: "Olha, que bonitinha, ela no emprego formal". Porque ainda não engolem uma mãe de santo travesti, tu não és tolo e já deves ter percebido que alguns dos seus tios de santo ainda aprontam comigo e me olham de rabo de olho. Nessa parte só vejo isso, uma travesti querendo viver alguma tranquilidade. Tem, então, como eu acreditar que ela *procurou* ser chefe de quadrilha? Porque foi a transfobia do meu finado tio Sérgio que fez tudo acontecer. Ou melhor, sabes, dofono, quando aconteceu o fator que fez a Titânia virar chefe de quadrilha? Foi porque em várias noites dos anos 1885 os viados e as bichas que viravam de Iansã, de Oxum, de Iemanjá, foram expulsos pelos ogãs, pela finada mãe Sábia, a fundadora desta Casa aqui. Por isso, foi aí que começou (... *Não julgo meu pai Sérgio, não, se a pessoa não tem útero, não vai usar saia e nem pano da costa, esse é o jeito antigo. Mas, por mim, com o perdão do meu pai, o jeito mais antigo ainda tinha que ser adotado, quando só mulher recebia santo, homem era ogã, era assim. Mas a mãe Jáci quebrou essa regra, fez meu pai de Iansã, tudo bem que saiu na sala como ogã e como de Xangô, que era o juntó do meu pai, mas dentro do quarto de santo e perante o santo, que é o que importa, ele foi raspado para Iansã. E se ela não tivesse quebrado essa regra?...*) essa dificuldade do candomblé com a diferença, porque nosso culto, dofono, ainda tem muito o que é do homem e o que é da mulher, o que é para o homem e o que é para a mulher, e não posso simplesmente do dia para a noite mudar uma coisa de séculos, é complicado. Mas se um dia, mais de cem anos depois, o meu finado tio Sérgio colocou a Iansã de uma filha de santo trans de calça para dançar o candomblé, é por causa disso, é por causa das coisas que são de homem e as coisas que são de mulher –

E o iaô estaria olhando enquanto estivesse refletindo no que a mãe de santo falava, nem notar a luz que diminuía a cada minuto e o escuro que os engolia. Ele focaria em olhar o rosto azulado que desvanecia sobrando apenas os olhos e os dentes que surgiam brilhosos conforme a vogal, pensando que alguma coisa o chamava atenção nessa história toda, por imaginar muito bem a mulher alta e retinta, com cicatrizes grossas das brigas com homens barbados, as tranças com cheiro de cabelo e a roupa com cheiro de guarda-roupa, a bolsinha descascada de tanto usar ao lado do corpo expandido de silicone endurecido, as unhas afiadas e grossas, o sorriso de tanta ironia a ponto de escorrer, um sorriso que *parecia dizer quero algo de todo mundo porque todo mundo é meu*, os dedos do pé nas sandálias sempre de tiras, pés que andam, cabeça que norteia, braços que equilibram e olhos que aprendem. Vivendo dentro da casa pequena, *um barraquinho*, e atendendo os homens que ligavam no número que ela colou nos orelhões e ela indo até eles para atendê-los ou recebendo em casa os pais de família, os mecânicos, os policiais, os **bandidos**, os enrustidos, os solteiros, os frentistas, os chapistas, os entregadores, os pizzaiolos, os motoqueiros, os cozinheiros, os pedreiros, os cantores, os seguranças, os motoristas, os secretários, os estoquistas, os gerentes, os curiosos. E tudo isso ser posto abaixo no momento em que ela – o iaô (Andrea) imaginando conseguia enxergar – acordasse do santo e visse que a sua roupa do rún não estava normal, que a saia belíssima que tinha mandando fazer e que tinha sido o olho da cara não estava ali, era um bombacho, algum bombacho da casa, de algum santo de alguém que talvez nem mais frequentasse o terreiro. E ele enxergaria visível o ódio dentro daquele corpo, uma indignação que subiria do estômago como uma azia repentina e o ímpeto, o ímpeto insuportável, motor, que a levou a empurrar a porta com grosseria e, ao olhar lá fora, girar a cabeça como um bicho que procura o algoz e encontraria a mesa dos pais de santo, iluminada e tomada de comensais, ao longe, debaixo do caramanchão e ouviria as risadas, sobretudo a risada de quebra-queixo de seu pai de santo e, pelo ímpeto, numa paralisação da mente e da memória, em uma respirada só, ela iria, como se caminhasse no fogo, e chegaria pela mesa e questionaria aquele bombacho. E só por um iaô – porque ela ainda era iaô e nunca chegaria a se tornar ebomi – chegar pela mesa dos pais de santo e questionar de pé, em uma altura maior que a cabeça de seu pai de santo, com voz grossa e furiosa, sem um pingo de ética ou rumbê, isso já seria uma vergonha tamanha para o pai de santo perante os outros pais de santo e mães de santo, que imediatamente olharam espantados para aquela falta de educação e seu pai de santo percebeu os olhares, sobrando para ele como única alternativa ser grosso em dobro, e o ímpeto inflamaria mais dentro dela, a ponto do braço apenas se mover, a mão apenas acertar o rosto enrugado.

– Se foi para atingir o Olegário, não tenho certeza, tenho suspeita que sim. Porque ela sofreu naquele candomblé por uma ordem do meu finado tio Sérgio, não tinha sido o Olegário a pessoa que mandou por um bombacho na Iansã dela. Então ela quis atingir meu tio, certo, porque se ela virasse bandida ela arrumaria arerê com o Olegário e isso ia atingir o meu tio Sérgio diretamente. Porém, dofono, adicione à sua história aí que, sim, a Titânia e o Olegário tiveram coisa no passado, sim, no tempo de Carola, quando ele era apenas um ex dela. A Carola nunca ficou sabendo disso, porque se soubesse ela tinha mandado dar um doce na Titânia; ninguém podia, não, pegar homem que já tinha sido da Carola, as meninas dizem que ela gritava: "Nenhuma mama onde eu já caguei!". Por isso acredito que ela não sabia, não. Eles tinham um caso escondido, e era caso porque ele aparecia como cliente para ela (a Titânia) e não pagava porque ela fazia por gostar. E é isso, eu acho, eu, quem diz isso sou eu, que ela foi apaixonada por ele, pode parecer estranho perto dessa Titânia que a Juma pintou para ti, mas eu acredito, porque o caso é confirmado que já viram os dois saindo juntos e acredito na paixão porque ela não cobrava e isso não era do feitio dela mesmo, a Titânia valorizava o dinheiro acima de tudo, acima da própria identidade. Certo que na época do acontecido do Ajodún de Oyá e depois, quando ela montou os pontos de venda de droga, o amado era o ogã Pardal – que não sabia e nem sonhava que ela (a Titânia) tinha tido um caso longínquo com o Olegário –, mas ainda acredito que Titânia inventou essa confusão para a cabeça dela porque ela queria também atingir o ogã Olegário. Sem falar que no acontecido do Ajodún ele deu na cara dela. Ou seja, ele também tinha uma raiva guardada de alguma coisa. E vamos pensar. O Olegário matou o Pardal no apavoro que ele deu neles porque eles tinham feito assalto, o que ele (o Olegário) quis com isso? Eu consigo imaginar que a Titânia tenha entendido que ele quis atingi-la, sim, eliminando o rival e que com isso queria dizer que sentia algo por ela ainda ou que ainda teria algo com ela de novo, é difícil duvidar disso (...*pensar que ela sofreu pra caralho mesmo, te digo. Quando, mesmo toda quebrada, ela viu o bofe ajoelhado tomar uma boa na testa, de a bala passar do outro lado e fazer um arrombo vermelho na cabeça que deu para ver mesmo naquela escuridão e cair, duro e reto,*

*os braços presos por enforca-gato, e cair de joelho flexionado
ainda, duro, duro. Ela viu e quando viu ela deu um berro,
mesmo com o braço torto, quebrado, a canela também torta
e com um osso saltando pra fora, ela se jogou em cima do
corpo do bofe e berrou, como fosse estourar os pulmões.
Claro, o Pardal foi o homem que mais amou a Diaba, essa
perda fez ela enlouquecer. Seis meses depois, e recuperada
da porrada, ela já ia 'tá armada até os dentes, já 'tava
descendo na avenida e recrutando trans para vender droga
pra ela e ela conseguindo isso. Em pouco tempo, ela tinha
a biqueira montada, lá no Parque Oroguendá, perto da
casa dela, onde ela, sem autorização nenhuma porque a
casa era alugada, derrubou as paredes e invadiu as duas
casas do lado para fazer um casão que passou a servir de
base, de escritório, de fábrica. E dá-lhe bicha e travesti para
enrolar trouxinha de droga, e nessa até eu enrolei, no
começo, para ajudar, porque depois permaneci no conselho
mesmo e na chefia, porque depois que aumentou para três,
quatro biqueiras, e a primeira, do Parque, depois ia ficar
no meu comando. E quando ela cresceu passou a me tratar
de outro jeito, eu e os outros, menos o Pombo. Ela tratava
a gente com grosseria, discordava com grosseria e em discussões chegou a ser agressiva. A gente falava que ela 'tava
com o diabo. Era bom, não vou negar, nas noites em que
vinha a Maria Faceira, porque ela tratava a gente bem,
como vencedores e a gente era grato, ainda que um já tivesse
morrido na história, porque a gente 'tava ganhando dinheiro mesmo e a Diaba, pelo menos, nunca foi corrupta com
dinheiro, o que era de cada um era de cada um, o que era
para repor estoque era para repor estoque, o que era cebola*

era cebola. Por aí, que foi no ano de 2001, ela já mandava naquele bairro todinho. E não começou com ela, não. Um dia, umas racha subiu na base e pediram para falar com a gente e quem atendeu foi a Diaba. As duas eram amigas e tinham sido estupradas no último Baile do Sossego, em um terreno baldio lá no Parque do Sol mesmo e elas queriam vingança e proteção. A Diaba deu. Elas foram contratadas e puderam atirar – uma delas quis ir na faca – nos bofe quando a gente achou eles. Outra vez, mais rachas, subiram na base e reclamaram de assédio em uma construção de supermercado ali no Parque Oroguendá. Na luz do dia a gente foi, a Diaba como capitã, até o supermercado e levou um por um até um campado onde a gente podia ficar à vontade com eles. A Diaba então mandou eles ficarem nus, tirar toda a roupa e colocar a que ela jogou nos pés deles, eram vestidos, sutiã, calcinha e eles vestiram porque os bicos 'tavam todos apontados para eles. Quem não colocaria? E a gente tinha aquele bando de homem barbado de calcinha e sutiã na palma da mão, mas a Diaba que ordenou, rindo, falou para eles desfilarem, todos eles e bem devagar que era pra gente apreciar e eles começaram, e ela mandava Igual modelo! *e eles punham a mão na cintura, então ela começou a assobiar e fazer "fiu-fiu" e todo mundo acompanhou, eu, os meninos, as meninas. Ela virou isso aí por ter perdido o Pardal, alguém que achava que podia tudo. E não pensa que essas palhaçadas não podia acontecer com a gente? Quando brigamos uma vez porque ela achou que eu tinha passado a mão no caixa da biqueira do Parque ela me fez atender na biqueira sem maquiagem – eu ainda não 'tava no comando –, porque ela não era burra, ela sabia que eu ia sofrer o mesmo que ela se tivesse sem maquiagem aten-dendo freguês. Pois quebrei uma regra nesse dia e atendi todo mundo com cara de cu, porque tinha essa regra que foi colocada por ela, a Diaba, de que a gente tinha que tratar todo freguês muito bem, que eles tinham que se sentir confortáveis. E foi isso que mais ajudou ela, porque os bofinho branco do centro que gostava de vender droga para os outros riquinhos subiam tudo aqui, no Oroguendá, e passaram a ir somente nas biqueiras dela, mesmo que estivesse com o estoque ruim, se tu me entendes, porque eram bem tratados, não era como os machos atendiam eles, te digo, não tinha grosseria e desconfiança, então eles se sentiam bem indo nas biqueiras das bichas, por mais tabu que eles tiveram no começo, porque o primeiro que apareceu contou que os outros não queria ir por essa história de que só tinha bicha atendendo naquelas biqueiras, mas depois passou e viraram fregueses exclusivos que davam seus mils e mils porque podiam comprar de quilo e levar nos seus belos carros próprios. Sim, tudo isso ela conquistou da raiva de ter visto o amor da vida dela morrer bem na frente dos olhos. Digo isso com certeza. A vontade de ser cafetina morava no peito já. O dia do terreiro fez ela querer ser bandida e o dia do apavoro fez ela se tornar uma...)* porque o Olegário era bastante misterioso também, era difícil de ler o que ele estava pensando ou o que ia fazer na sequência. Imagino que ele ficava planejando tudo na cabeça, quieto e sem compartilhar com ninguém e, de repente, pronto, ele só dava as ordens. Ele era até bem parecido com ela, mas parecido, não igual, as diferenças eram determinantes. Durante a ascensão dele (do Olegário), desde quando ele liquidou o homem que matou seu pai, até seu batismo no CVE e as artimanhas que ele fez com a polícia, as amizades que criou com alguns deles, durante tudo isso ele foi extremamente violento, é até estranho de se pensar que naquele apavoro ele não matou todo mundo, é estranho pensar que somente o Pardal ele matou, sendo que ele sempre massacrou. No Oroguendá do Olegário, roubou, perde a mão; estuprou, perde o pinto; traiu, perde a vida. Era dessa maneira, por isso todos falavam do Quitungo para cima e para baixo. O Venâncio impunha regras parecidas mas não cobrava com a mesma mão pesada. A Titânia estava no meio, porque ela cobrava o que achava justo com muita violência, mas só o que achava justo, e a violência, bem, dá para entender, tudo para uma travesti ter respeito tem que ser exagerado, senão, não acontece. Eu pago por cada concessão que faço por coração mole dentro desta Casa e eu sei bem do que estou falando. Sim, foi para atingir o Olegário também, porque qualquer violência que viesse dela chegaria nele e ele não poderia fazer nada para não começar uma guerra e era o que ela queria e o que ela conseguiu. O erro foi ele (o Olegário) ter agido como agiu naquele apavoro, foi ter ficado com sentimentos por causa do Pedro Pombo, sendo que ele (*...eu estava ali, eu tinha que reagir àquilo que tinha acabado de acontecer, porque eu tinha visto uma pessoa morrer na minha frente, eu escutei o barulho, eu tinha visto o lampejo e a cabeça explodir e o corpo cair, e eu tinha visto a Titânia gritar como se tivesse perdido a mãe ali, na frente dela. Eu tinha visto e estava vendo, o Pedro e o Lombra segurarem a dor, morderem a* *boca, os dedos deles amputados e o sangue que não parava de escorrer para o tecido da calça e da bermuda. Eu tinha visto tudo aquilo, enquanto tinha que manter na minha cabeça meu segredo vivo, e também a constatação de que, se soubessem, se descobrissem ali o meu segredo, que nada ia acontecer comigo...*) estava com um filho de policial bem ali – e eu falo do Windson. Mas não vou dizer que tudo azedou e tudo acabou somente por causa do Windson, porque não é verdade (...*ele apareceu no meu caminho. Como ele me achou eu não sei, mas apareceu, na mesma calçada que eu, em um domingo, quando fui buscar frango assado. Saí do restaurante, acendi meu cigarro e fiquei andando, calma. Eu 'tava bem calma esse dia. E quase trombei em um homem e quando olhei de novo e entendi a cara dele que vi: o Quitungo. Juro que não entendi, não. Era luz do dia, era cedo mesmo, de manhã, por que ele ia querer alguma coisa comigo, que era sacanagem eu sabia, mas por quê? E por que na cara de todo mundo, porque todo mundo podia ver a gente ali. Juro que não entendi. E ele veio com papo, veio com conversinha de não ter esquecido a noite do baile, não ter esquecido do meu toque e do meu cheiro e quis me cheirar e eu não deixei, não, e ele continuou, com historinha pro meu lado. E eu caí, caí de propósito. Levei ele pra casa. Aquele homem era muito bonito, tinha toda a situação da Diaba, eu tinha apanhado por causa dele (...mas, antes eu tivesse sido descoberto e não teria acontecido o que aconteceu, os homens não teriam vindo até perto de mim e da Juma e teria nos levado para perto do cadáver e da Titânia em prantos jogada em cima do cadáver e para perto do Pedro, que não olhou para mim, e Lombra, que olhou, talvez pensando no que aconteceria agora. E nós fomos postos de joelho novamente e o Olegário então falou, perguntou quem éramos e de onde vínhamos e primeiro falou a Juma, quando eu queria ter falado primeiro, para tirar do meu peito o medo absurdo que eu estava sentindo, e ela contou que era colega de rua da Titânia, que trabalhava com ela na avenida Atlântico e, na minha vez, eu gaguejei, gaguejei como nunca na vida, com medo do meu segredo ficar explícito ou até com vontade de contar, por saber que eles não matariam nem bateriam no filho de um delegado, que a última coisa que o Olegário ia querer para o morro dele de novo era invasão policial, mas não falei nada sobre isso, mantive dentro de mim, escondido pela gagueira e só falei que era o namorado do Pedro, que eu só era o namorado do Pedro e ele falou* Mas o Pombo não é viado, nunca foi *e eu disse de novo que só era o namorado do Pedro e ele foi até ele e quis saber, perguntou se era verdade aquilo que eu estava falando e o Pedro confirmou que sim, ele não fugiu, ele falou que sim, que éramos namorados. E o Olegário ficou mangando da cara do Pedro enquanto os homens espancavam de novo, só que agora eu e a Juma...), sim, eu tinha todos os motivos para despachar ele ali, mas não, levei para a minha casa e me deitei com ele a tarde inteira e ainda comemos o frango. E começou. Era o fim de uma quinta-feira e Olegário aparecia na minha casa, na outra semana, na terça-feira, outra vez a mãozada na minha porta dez, onze horas da noite. Começou essa história nossa, que nem foi tão profunda como parece, a gente dormia junto só, não tinha palavra ou promessa de amor. Era carnal, só uma coisa carnal, eu gostava de apa-*

nhar e ele gostava de bater, era só um encaixe de tesão. Só que calhou disso acontecer na fase mais difícil da minha convivência com a Diaba, quando eu já chamava ela assim – de Diaba –, e tinha um acúmulo entre a gente, de pequenas brigas e umas discussões, algumas situações também, quando ela proibiu eu de atender meus clientes e somente focar em ser gerente da biqueira, quando ela me acusou de roubo, quando eu quis cobrar uma bicha tirona e ela defendeu a bicha. A nossa ligação 'tava bastante abalada. E quando apareceu a oportunidade de acabar com o castelinho dela, porque isso ia me libertar, eu agarrei. Em uma das visitas dele – do Olegário – veio o pedido, porque foi um pedido. Ele queria que eu levasse o Windson até ele. O motivo e o que ele ia fazer com ele, eu não sabia, e ele só pediu Traz o matuto pra mim, Juminha. *Mas eu não precisava achar ele, não. Porque eu 'tava acompanhando, de longe, mas 'tava, a situação entre o Pombo e o Windson, quando eles se separaram e o Windson sumiu, sumiu da Firma, sumiu da gente, sumiu mesmo. Só eu sabia onde ele tinha ido, porque a gente sempre conversou muito e ele me contava tudo, todas as angústias que passava namorando com o Pombo, e me contou aonde ia antes de ir. Então, eu fui lá até onde ele 'tava. Porque agora, se eu quisesse escutar à raiva que crescia da Diaba e fazer alguma coisa. Alguma coisa que ia poder derrubar ela)* a Juma também teve dedo e o Olegário também se movimentou. Não foi só por causa do Windson, porque ele (*...estava na casa de Mariana, uma amiga da faculdade que morava somente com a mãe. Mas fui para lá mentindo, algo que eu nunca gostei de fazer, não contei de onde e do que eu estava fugindo,* *apenas disse que tinha saído de casa – o que não era mentira, porque eu saí mesmo, um pouco antes do assalto, porque eu não queria e nunca quis envolver minha mãe naquilo, então saí de casa, parei de ir na faculdade e não dei mais notícia –, que eu tinha apanhado do Pedro – que também não era mentira porque ele tinha me batido muitas vezes – e que eu estava desesperado, sem saber o que fazer e para onde ir e a Mariana me acolheu. A Juma apareceu na casa dela depois que eu dei o endereço em um dia que liguei para ela do orelhão. Pedi para que ela me contasse como estavam as coisas e como estava o Pedro e ela me contou que o Pedro ficou sumido por duas semanas, que disseram que ele estava depressivo* [Windson poderia ser um relâmpago, um granizo de tempestade, uma fruta madura na cabeça, uma bala perdida, um carro sem freio, um pneu desgovernado, um espirro em dia fresco. Ele era o que não se espera. Percorreu tudo, uma e outra vez, em sequência, ontem e hoje de manhã: agora, à tarde, Pedro quer rememorar em outra tentativa. O que o direciona no que relembrar, em qual ordem fazer; isso variava. Reviu Windson e sua história com ele como se o dissecasse. Corpo e depois do corpo que se vê, o corpo que não se vê, até o interior do corpo, onde se imagina. Reviu a história com protagonismo, o primeiro olhar, a primeira salivação, sua difícil negação e a coragem então em se deixar beijar (porque ele se deixou ser beijado) e a concessão de Windson, a conquista e o abismo que seguiu, o esquecimento de si, a rebolada escondida no baile, o desejo físico, a comichão onde antes nunca entrara nada, a briga pior e a porrada com marca, o hiato e sua perda, seu engano e volta ao ódio, ao semblante misantropo, aos braços cruzados, ao sofá da madrinha e ao colo de Kesley. Sua última noite com Kesley foi há uma semana.

Bastou vinte minutos, meia hora, após se separarem no pontilhão e cada um ir para um lado e Windson sumiu de vez. Quando chegou no barraco, meio sem ar e meio sem sola do pé, Pedro ligou para o número que Windson ligava, porém ninguém atendeu.

Uma vez, foi vapor. Doze anos e meio, ainda sem muito braço e com pele de criança; vivia na rua entre uma entrega e outra enquanto a madrinha estava no trabalho. Foi quando vapor para Quitungo que viu o primeiro tiroteio, a primeira vez que sentiu seu corpo dizer tu vai morrer, diferente de vai apanhar ou vai tomar baixa porque viu com os olhos cor de aquário a circunferência preta maciça do bico de um gambé, um morcego, de um que, se o visse ali, parado e olhando, segurando o saquinho de plástico cheio de pino, atiraria o barulho que o tiraria daqui para sempre. Lentamente ele deu ré, penetrou a vielinha e no tornar das rajadas, correu de costas, assistindo à pequena equipe de azulados passar sem o notar. Mas naquele dia chegou no barraco e, como hoje, se jogou na cama, após tentar ligar para o Windson. Chorou como um homem de vinte e três anos, como chorou com doze anos e meio, temeroso de perder, com medo da ruína de seus rastros, fosse perante a mira certa de um fuzil, fosse perante a perda certa de um grande amor.

Três dias atrás, Pedro Pombo pensa ajeitando o travesseiro e o olhar sobre alguma quina escurecida do teto, eles estavam sentados, de pernas para o córrego, tesas as dele, soltas as de Windson. Que lembrava um cristal, que para se tornar joia aceita ser picaretado, decidido em mostrar-se forte mesmo que inseguro de tudo o que dissera. E agora, diferente de como pensou no término ontem e como pensou no término pela manhã, Pedro enche com uma história, com os traficantes dos quitungos passando pelo baixo Oroguendá, naquele momento, ali entre seu término, com um bonde com fal e a porra toda, e Pedro desarmado e Windson desarmado. Não sentiria medo, ele conclui, não o medo que sentiu de Windson se levantar e ir embora.

Dois dias depois da ligação de telefone frustrada, sem culpa, habituou-se a deitar. Não levantar e ficar deitado se tornou rotina. E Pedro, ele imagina que muitos contam a muitos outros, sem Windson é Pedro que não se bica por aí, enfurnado, preservado na torre de madeirite. Sem culpa. Acorda e sabe que a madrinha, antes de sair, fez café, e se levanta sem mexer na coberta, como se se livrasse e não se descobrisse. Na cozinha a luz clara de sol vence as janelas e causa uma agulhada em sua cabeça. A garganta seca mesmo que cheia de catarro e como os dedos não têm tido forças nas últimas duas manhãs também os músculos falharam em engolir.

Demoraria a perceber, alguns longos dias. Porque o deprimido é primeiro embalado por prorrogações fáceis e prazerosas, que aumentam enquanto os dias aumentam, começando em uma demanda de trabalho e terminando em não tomar banho, escovar os dentes e preparar a própria comida. E aí é que mora a luz, no mais fundo da floresta. Entretanto, Pedro deveria construir sua depressão para poder demoli-la.

Não falou com mais ninguém. Mas sua teimosia em não sobrevoar impedia-o de sacar que o amor do outro sempre será ridículo. Por isso tão pouca gente o procurou. Respeito ou despeito; deitado, Pedro tentou resolver, emagrecendo com a falta de apetite gradual. As punhetas de saudade melavam a cueca, o sexo e a coberta, não lavados há dias. Porque lá pelo nono dia a madrinha começou a perder o altruísmo; as demandas de Pedro não vinham sendo feitas, e pior, a sujeira que o marmanjo anda produzindo acumula-se pelo quarto. *Ou alevanta ou largo de mão.* Pedro não se importou e ao perceber dias depois que realmente a madrinha o largou e também não se importou. Uma tarde ela gritou baixinho antes de ir trabalhar que ninguém morre de amor. Uma noite quando chegou do trabalho ela gritou bem alto, *Ninguém morre de amor, Pedro. Essa louça, filho de uma égua? 'Tá vivendo de miojo, moleque?* E o marmanjo, quitungo-**bandido**, vidaloka, que há pouco, mês passado, responderia com zelo, baixinho, respeitoso como o moleque que estudou até a quarta série, hoje não falou nada. Nem doce, nem agressivo. Não respondeu.

Quem batia no alumínio da porta para visitar a goma de Pedro era todo o restante da gente. Só e sempre Lombra que tinha o hábito de bater no vidro. Pedro acabara de ajeitar o CD no rádio sobre a moldura da janela, um disco de funk melody estava no repeat há uma semana, e antes de dar play, Lombra bateu com a mão no vidro da porta.

Entra aí. Pedro sabia que era o Lombra, pelo jeito de pegar a maçaneta, por abri-la com respeito. A porta raspa no batente de massa corrida e sua silhueta surge, nanica e magrela, boné aba curva e bermudão abaixo do joelho.

Caralho, Pomba, tu 'tá uma caveira escritinha, zé.

Pedro olhava a superfície do leite rodeando com a fervura. Mãos na cintura, pés escorregando dos chinelos e vergonha; estava sem camisa, a pele andava rígida e colada às costelas. A postura havia caído também, o pescoço tombou, passou a olhar o chão, o tampo da mesa. Tinha vergonha e Lombra vê-lo assim fazia dela verdadeira, a voz correta. Estava digno de vergonha. Tomou banho hoje de manhã mas a última vez havia sido há três ou quatro dias. Lombra ainda o veria pior, não fosse o sonho, dele libertado há pouquíssimo, antes de entrar no chuveiro; o sonho animou algo que sabia que não existia mais e se viu disposto não só a um banho, mas a um café da manhã, um comum, com refeição e calma, e depois uma caminhada, a primeira saída de casa em quase duas semanas, talvez visse o sol apesar do clima cinza, talvez o cheiro gasoso do córrego, o cisco das patas dos cães, os pios nas árvores jovens, a favela enfim, o deixasse forte para manter a sensação do sonho, como algo só seu e que pudesse ser mantido longe da luz da ficha que cai, até lembrar que sonho é sonho e que desejo adormecido ou acordado, tanto faz, quando as coisas vêm ao desejo, não ele às coisas, e isso independe do desejo. E, debaixo do chuveiro da ducha de plástico, menos de meia hora atrás, Pedro desejou relembrar que não tinha mais um namoro com Windson como tinha no sonho à tarde, à noite, à boca da madrugada. Não de manhã. Não agora, que está sem camisa, com a pele fresca do sabonete, confiante na força de si. E sentia um desgosto, um ódio amargo, subir de seus pés; sua cabeça, como que o enxergando através dos olhos de Lombra, que está bem ali, sentado à mesa, entretido com o estado do amigo, vê a si, emagrecido, mais pálido, curvado como um exausto, de mãos na cintura. Sentiu mais uma vez, quando o ódio atingiu a garganta, uma vergonha que estrangula.

Ó o leite fervendo, seu vacilão, Lombra correu para o botão e desligou o fogo a tempo, e Pedro não saiu do lugar. O silêncio cobria a quebrada vinda da janela. O amigo sacou um maço amarrotado da pochete e acendeu um cigarro sem oferecer.

Tu sabe, parceiro, que minha madrinha não curte que fuma na goma, sua voz era pálida. Não parecia brigar. Não parecia ele.

É pra tu reagir. Lombra o viu, apertou a visão e buscou ver o soldado que conhece. Viu um molequinho que brincava com ele no campinho, o que não falava direito com os outros moleques. Não viu **bandido**. Lombra enxergou um trapo. E pesou, pesou tanto entender o que então soube, como Pedro soube, a perda; compreendeu que homem, mulher ou bode, o que fode é o que nos ama de volta. Pesou entender que nem tragou, Lombra deixou o cigarro na altura do peito, a cinza crescendo como a raiva que crescia no peito do amigo deprimido, uma raiva inédita que nunca se direcionou ao outro. Pedro correu até o quarto e voltou com o cinzeiro, bateu com o polegar na cinza comprida, o cilindro liso e torto caiu inteiriço no cinzeiro cheio, mais povoado de guimbas de piteira de maconha do que de cigarros. E Lombra enfim tragaria para dizer, pois alguém tinha que dizer isso.

Tu ama mesmo o moleque, parceiro.

Ele virou o bule de alumínio na caneca do amigo até que o café clareasse no ponto certo, cor de palha, como quando crianças. Era sexta-feira, tomou leite puro. *Windson ficou pá porque não ajudei nas fita com a família dele, mesmo que eu falei que o pai dele quer é me meter flagrante,* ele dizia, *o caralho com família, eu falei pra ele, falei pra ele que tinha que se importar é com dona Dalva, que isso é importante, Mas, espera, matuto, explica melhor isso aí,* disse Lombra, *tu some, caralho, nós não sabe se terminou ou se tu e ele só 'tão tretados; não começou essa porra? Não foi um arerê o bagulho, até tu e ele assumir a fita e pã, e agora tudo vai pro pau e nós não entendeu nada. Como que o pai do Win vai te dar flagrante. Pombo, que papo é esse?* E ele levantou o rosto de sua caneca, mastigando o pão e as palavras. As suas, as que subiram do estômago, não pôde levá-las à boca. Reviu sobre o reflexo amarelo do leite o amarelo do dia, a bunda endurecida da longa conversa sentados, ele e ele, sobre o pontilhão, os pés parados, o córrego lento.

Que papo era aquele? Pairou entre ele e Lombra a resposta, em um olhar de enquadro, em língua de cenho. *Parceiro, o pai do Win é...?*

A palavra evaporou porque Pedro fincou os cotovelos na mesa e segurou os olhos com as mãos, engoliu o ar e desabou; ruiu como temia ruir. Lombra reclinou e acendeu outro cigarro. Um dia viu Pedro matar um filhotinho da ninhada de Jujuba, a primeira gata de sua tia. O amigo Do Olho-Claro roubou o animal e fez de Lombra, que ainda era só Quina, de cobertura enquanto ele torturava o filhote até esvaziar os pulmões e largar o cadáver para os rottweilers de um barraco qualquer. Lombra também dispunha de testemunhos parecidos, quando Pedro matou, assaltou, forçou um beijo e a mão sob a saia de uma mina, quando cheirou farinha, quando deu o tiro de misericórdia no mano Juca que agonizava doente. Lombra nunca viu Pedro chorar.

O quarto não recebia visitas, luz ou vassoura, Lombra não soube dizer há quanto tempo. Os cortinados eram de tafetá, até o chão, a escrivaninha estava escondida sob duas pilhas de pratos, uma caixa de papelão aberta, papéis e canetas espalhados, três canecas, dois copos, creme para o corpo; a cama um revolto de cobertas, ao lado, sobre a sapateira, seu dichavador vazio, umas sedas dispersas, um cadarço de tênis e duas latinhas de coca.

Senta aí. Lombra não se lembrou de algum dia ter posto as mãos nos ombros de Pedro Pombo. Os olhos azuis estão fechados, acudidos pelos dedos que os secam, os joelhos tremem. Pombo consegue começar. Sem olhar Lombra, relembra o que ouviu de Windson, que o pai dele vinha embaçando na dele, na da mãe desde que descobriu que estavam juntos e que antes nunca ligara, que antes de saber que o filho, além de viado, além de efeminado, tinha um namoro de responsa com um agora gerente de tráfico, que o pai era quase como nada, cumprindo com uma pensão diplomática desde que negara pagar quando Windson fez dezenove, que era um parente longe, que era uma ligação, uma ligação automática que era enviada no dias das mães, das mulheres, aniversários e as raras conquistas de Dalva. Contou então que o pai do Windson virou pai quando soube que o filho fazia sexo com o inimigo, como ficou bravo quando Windson os resumiu em sexo, mas que Windson explicou que assim que o pai os via, e que Windson pediu que ele fosse até a casa da mãe e se apresentasse como namorado, que não precisaria se portar feito cria-marrento, só genro, e que a mãe tinha a cabeça aberta há muito mais tempo que ele.

Isso quando tu e ele terminou? Lombra jogado na cadeira escutava com o olhar pousado no dichavador e nas sedas sobre a sapateira. *Não, isso foi antes. A gente 'tava no Escritório.* Deixara de chorar, sua luta agora era não permitir do nariz escorrer enquanto contava que recusou sem massagem a proposta de Windson, uma brisa essa ideia, com a possibilidade do pai dele brotar. Que ele também não estava a fim dessa ideia de ser genro, que já bastava o Barrão e metade do Oroguendá e o Movimento de norte a sul de Enseada saber. *E Windson,* Pedro continuou, mesmo com vontade de fumar, *ficou pistola e questionou que teria que apenas somar sua mãe na conta.*

E nós começou a zicar daí.

Posso? O dedo escuro em riste à sapateira. Pedro diz, *Eu faço.* Lombra recolhe o braço, suspira. *Mas tu e ele não terminou só por causa dessa porra.* E sem piadas. Como um recorte de uma história inexistente, onde Pedro chora e Lombra não faz piada. *Mas isso já é motivo, parceiro. Vou colocar a Firma em risco ficando de caso com filho de um coxa? Não ia dar coisa boa isso, não, Tu tens certeza que é só por isso?, Não, nós separou também porque eu comi a Kesley.* E Pedro perdera para a vontade de fumar, confessou o crime do amor com o cigarro pendido na boca fina, enquanto girava o dichavador feito Deus e seu relógio] *e*

*que ela acreditava que era por conta da gente, de nós dois,
e eu não acreditei, porque eu sabia que tínhamos terminado
por motivos mais pesados, porque o Pedro descobriu, claro
eu que contei, então não foi realmente uma descoberta,
que meu pai era o meu pai, um delegado e que isso podia
ferrar o esquema da Titânia como imaginei, ainda que eu
tivesse proposto que teria uma solução porque eu não nasci
desse mundo apenas do meu pai, que existia minha mãe
e que ela poderia nos ajudar com alguma coisa, mas que
também tinha um vacilo dele, porque eu descobri da mesma
forma, com ele me contando, que ele passou uma noite com
a Outra lá, por isso não acreditei que ele não estava com
ninguém ou não tinha tido nada com ninguém, durante
a ligação com Juma, e falei que* Como ele não teve nada
com a Kesley quando eu agora não estava mais na parada
e ela 'tá variando, viado? Não tem como ele ter nada com
a Índia, sequestraram a Kesley. *E eu entendi que tinha,
sim, alguma coisa acontecendo e quando pedi para a Juma
me explicar direito ela não explicou direito, ela falou só
que sequestraram a Kesley e que a Titânia estava resolven-
do, que ela mandou gente ir atrás dela e que ela já estava
quase indo ter uma conversa com o Quitungo por achar
que ele tinha dedo nisso. E então pediu para me encontrar
e desesperado disse sim, vem sim, porque eu queria sentar
com ela e escutar tudo e escutar de novo que o Pedro tinha
ficado "depressivo" porque nós tínhamos terminado e escutar
sobre tudo o que ele estava fazendo e como foi essa história
de depressão e como ele tinha continuado sem mim e se ele
tinha me perdoado sobre o que eu tinha escondido dele e
de todo mundo, mas a Juma não falou nada disso e eu não*

percebi na hora que ela não falou e só depois eu ia entender. Depois que nós realmente nos víssemos, que ela aparecesse lá na casa da Mariana, no portão, daquele jeito Juma de ser, o cabelo grande e a maquiagem forte na hora do almoço e fôssemos até a uma praça lá perto e tomássemos sorvete conversando sobre isso e quando ela não mencionaria de novo nada sobre o Pedro ter descoberto sobre o meu pai e eu não perguntaria por não ter a certeza que o Pedro contou para os outros e sem ter certeza que a Juma sabia, então conversaríamos praticamente o mesmo que nós tínhamos conversado por telefone e quase só conversamos sobre o sequestro da Kesley, ela me contou como tinha sido e como eles tinham ficado sabendo e que o morro estava em polvorosa e que a mãe dela tinha aparecido na base e que o Venâncio não quis se meter, que tinha mandado uns homens dele a procurarem mas que não tinha adiantado muito porque os dias foram passando. Até que ela me convidasse para ir junto com ela e eu perguntei onde e como assim era para eu ir junto com ela e ela perguntou se eu queria vê-lo e eu nem remediei, logo disse sim, que eu queria vê-lo, sem precisar dizer o nome. E eu avisei à Mariana e à mãe que ia dar uma volta com a Juma e elas ficaram desconfiadas, porém não falaram nada, somente olharam, assim, como quem diz "o que tu vais fazer?", só o que eu mais desejava era ver o Pedro de novo e ter a oportunidade de dizer para ele que eu estava arrependido e que meu pai não ia influenciar em nada, que eu já estava longe da casa da minha mãe, e que continuaria onde estava, vendendo maconha, pó e bala como ele e o Lombra faziam e ajudando a fazer a quadrilha crescer. E eu fui, entrei no carro dela, o mesmo carro que ela tinha usado para ir até a casa da Mariana e saímos, quando a tarde começava a ficar mais escura. Demorou para chegarmos na favela e eu acreditei que veria o Pedro por causa disso, parecia que estávamos indo na direção dele, mas quando ela estacionou o carro não foi perto da casa da madrinha do Pedro ou perto de um lugar que poderíamos subir até o Parque Oroguendá a pé. A Juma estacionou o carro perto de um matagal e quando minha vista melhorou eu vi e entendi, dois carros parados não muito longe de nós e de pé e encostado em um deles estava o meu pai e perto dele um homem, deu para ver claramente: o cordão, a camisa aberta, a cabeça careca: o homem era o Olegário.

Sim, era o meu pai e o Olegário, o carro do meu pai e o carro do Olegário e eu sendo entregue como uma encomenda. Só que eu quero te mostrar uma coisa antes de terminar essa história. Posso? Está lá no meu quarto, eu vou pegar

Antes mesmo que ele começasse a desenterrar uma história guardada há quase trinta anos Andrea (sendo ele ainda) pensaria que ele parecia um homem que tinha uma história de quase trinta anos guardada dentro de si. Entraria na casa pedindo licença de um modo silencioso, quase sem voz, feito não tivesse o ímpeto e a coragem de pesquisadora conquistada nos trabalhos da faculdade e na tese final que defendeu, feito tivesse desistido por alguns segundos, ao sentir o cheiro das roupas dele (de Windson) e pensar que aquele poderia ser o cheiro de uma história, uma história antiga que ele ia contar. O teria encontrado algumas semanas antes, na internet, através do perfil onde ele expõe o trabalho de fotografia mesmo que não fotografe mais e fosse apenas professor particular, quando encontrasse a única foto de Titânia nos sites de pesquisa e checasse os créditos e visse o nome Windson Vieira e lembrasse que na história contada por sua mãe de santo, que havia o personagem chamado Pedro (Pombo, Pedro Pombo) e que o nome Windson Vieira ressonava algo que ela havia escutado. E ela (sendo ele ainda) iria atrás dele, marcariam um encontro na casa dele (de Windson) depois de uma conversa (sobre a história) na rede social. Andrea teria pedido para ouvir a história e ele aceitaria.

Naquela tarde de março ele teria exatos quarenta e quatro anos, vestiria os óculos arredondados, a roupa marrom, o sapato e o relógio. A ele (Andrea), Windson soaria como um envelhecido comum, mesmo que congelado o jovial traço do modo de falar mordido e os gestos desenhados e as danças de sobrancelha de sua juventude, no tempo em que estava vivendo a história. A surpresa mesmo era ela (a história), era isso o que Andrea não conhecia, porque não sabia se seria como sua mãe de santo vinha contando, quando estaria diante de um sobrevivente, alguém que tinha passado no tempo daquilo, alguém que havia dividido o tempo com Titânia. A grande figura movente, a grande engrenagem, a mulher da pele escura e vermelha, a mulher de língua de serpente, a mulher que não foi homem por ter feito como homens mas por ter sido uma mulher fazendo como homem, a diabólica travesti feiticeira, a chefa e dominadora, a cabeça sem chifres, a viúva, a Titão, a Pombagira, a bandida. Não poderia saber qual Titânia encontraria na boca dele, ele, sentado de pernas cruzadas, o cinzeiro mal equilibrado no braço do sofá, o cigarro tremido nos dedos. Não poderia saber que o Windson enriqueceria a busca no meio de seu depoimento por dizer sobre Juma *que também está viva.* Assim como não saberia que ele ia contar quase tudo até o fim mas pausaria, se alçaria do sofá, esfregaria a ponta do cigarro com força na porcelana do cinzeiro e sumiria pela boca do quarto, e voltaria da escuridão como uma ressureição, carregando uma caixa de papelão de loja de um real. Diria *Aqui está guardado as mais de cinquenta fotos que tenho desse tempo. Podes pegar e ver o que quiser* e ela pegaria a caixa feito recebesse uma criança que (sendo ele ainda) colocaria sobre o colo e tiraria a tampa e mexeria nas fotos feito a mão estivesse enterrada em um lago e ela pescou uma que mostrava Lombra sorrindo enquanto contava notas de dinheiro, a foto estava queimada em vermelho e roxo, ao centro ele (Lombra), de pé, cédulas como um leque na mão, uma camisa de tecido estampado bege escuro, a pele viçosa e um sorriso esticado *Quando um dia eu peguei os meninos fazendo sangria do ponto, estavam rindo e eu estava do lado do Lombra, esse aí é o Lombra.* Uma de Kesley, o cabelo comprido e molhado, de franja, olhos e boca pequenos, ao lado de Cajú, também de braços para baixo e sorriso feliz, ambos estão olhando para o fotógrafo. Uma em que Pedro está ao longe da lente, sentado em um quadrado de cimento, de camisa e bermuda azul, segurando uma lata de cerveja. Uma de Kesley com seu filho no colo e fralda pendurada na cintura dos shorts, de rosto contra a lente da câmera, cigarro aceso e chinelos, e era uma foto sem impressões digitais. Uma em que estavam Pedro e Lombra carregando juntos um tacho de metal coberto até a beira com frangos sem pele, ambos sorriam felizes e estavam sem camisa *Quando a Titânia fez xinxim uma vez.* Uma em que estava o Windson de braços dados com Pedro, sentados no pontilhão, de pernas penduradas e era uma foto tirada com o foco tombado, provando que quem tirou a foto não tinha sido o dono da câmera. Uma *dela* na biqueira, de mão na cintura sobre um chão de cimento queimado, saia curta apertada, blusinha preta de decote, tamancos bojudos, tranças amarradas em um coque, um sorriso de desdém. Uma em que *ela* estava sentada saudando o fogo que dançava sobre um alguidar. Uma em que *ela* estava à mesa com a mão cobrindo a boca. Uma que *a* mostrava acariciando o cachorro branco que havia adotado e Juma, cabelos bastos e vestido curto, fumando de braços cruzados, aos fundos. Uma que mostra Pedro sentado em uma cadeira de cozinha, sobre a mesa estavam frutos, um maço de cigarro, uma garrafa de café e sacolas de mercado, estava sem camisa e tinha os dedos cruzados enquanto os cotovelos descansavam sobre os joelhos, seus olhos estavam bastante azuis e focados em quem tirava a fotografia *Essa aí era a casa da tia do Pedro, que ele chamava de madrinha.* Uma em que Pedro estava conversando com *ela*, entre eles estava um tanquinho de pedra com um pano de chão pendurado. Uma por uma, como se fossem cartas ou um tarô cigano que Andrea leria (ainda sendo ele) para si mesma. E captaria cada descrição, feito as palavras dele (de Windson) avivasse o que Andrea estaria enxergando nas fotos, através das borras, dos queimados e dos amassados, um mundo que já teria sido o mundo em que estariam, contudo um mundo engolido e definitivamente morto, e a assertividade como mais forte que o encerramento... *meu pai me levou para casa e me bateu como nunca tinha batido na vida quando chegamos e minha mãe não fez nada, não, minha não fez nada, só chorou e assistiu e dentro de mim eu percebi e vi tudo se dissolver, meu amor tinha ido embora, tinha sido arrancado qualquer chance de eu ter o meu amor de volta, a única vez que não só eu tinha sentido alguma coisa por alguém como sempre sonhei em sentir como também a única vez em que sentiram por mim também, como um encaixe, porque eu e ele, nós fazíamos um encaixe, todas as vezes que rimos juntos ou que nos abraçamos no escuro ou que vimos alguma besteira na televisão ou que cozinhamos com sua tia ou que bebemos e fumamos e falamos as maiores merdas ou quando simplesmente nos olhamos como tínhamos nos olhado a primeira vez que comprei maconha na boca em que ele trabalhava, para depois transarmos em silêncio, tirarmos as roupas, uma por uma, em silêncio, somente conversando pelo olho e sentindo nossa pele e sentindo nossos membros se confundirem somente com o que falam os olhos, dissolvido como se eu tivesse jogado água no espelho, tudo tornado algo impossível, tudo fechado e tampado e tornado inacessível para mim, porque como vou saber como terminar quando essa história foi negada para mim seu fim, como eu poderia saber, eu só poderia pensar, imaginar que se meu pai tinha conseguido me negociar com o Olegário e que se a Outra tinha sido sequestrada que com certeza as coisas não estavam boas para o lado da Titânia, mas como eu poderia saber, como eu poderia ter a certeza do que Pedro estaria fazendo no meio daquilo. Eu apenas tive os dias. Na surra eu mal pensei depois, minha mãe caiu em um silêncio do qual, parecia, nunca mais ia sair, meu pai tinha que continuar trabalhando, então fiquei sozinho e tentando acompanhar o que podia pelo jornal e imaginando o que estaria acontecendo naquele morro e eu não pensava no que seria minha vida e isso é algo que eu me arrependo, porque depois eu ficaria perdido, depois que eu fosse indiciado e tivesse que cumprir regime semiaberto a sensação de estar perdido apenas aumentou, porque eu não pensei mesmo no que ia fazer depois de ter vivido aquele um ano inteiro, não, eu só pensava nele e no que ele estaria fazendo e esse pensamento se tornaria uma preocupação genuína no dia que meu pai chegasse em casa se gabando para cima de mim de uma operação que foi autorizada, uma operação criada por ele, com o nome de "operação pavão", uma operação que ia invadir o Parque Oroguendá...*), ele fez os quitungos dele sequestrarem a Kesley perto do Parque do Sol, ele também se movimentou, o primeiro movimento de algo que ele deve, como eu disse, ter planejado dentro e só dentro da cabeça. Eu fico pensando no que essa menina (a Kesley) passou nessa situação. Ninguém sabe como a Kesley está e onde está hoje em dia, dofono, ninguém sabe se ela está viva ou não, como está o menino – que já deve ser um homem, imagina, vinte e tantos anos depois – porque ela foi para algum estado do Sudeste com o menino e deve até ter trocado de nome. E tenho certeza que ela não foi embora somente por tudo o que aconteceu no tempo de quadrilha, ela também foi embora por causa daquele sequestro. Foi um movimento bom, porque isso já sinalizou a Titânia alguma coisa, mas ela não pensou que Olegário fosse o responsável, e sim a polícia, porque a essa altura o Pedro já teria contado o motivo do término de seu namoro e do sumiço do namorado. Porque teve isso, teve o Windson.

O nome dele era Ubirajara e era conhecido como Doutor Bira, o delegado da Operação Pavão e o pai do Windson, o detalhe que ele conseguiu esconder de todo mundo. Ele disse que saiu de casa e passou a se dedicar à própria aventura, mas ele não sabia talvez que o pai o procurava já, porque tanto o Bira quanto a mãe do Windson não ficaram simplesmente parados, o filho, para eles, foi dado como desaparecido e o pai começou a usar de seu trabalho para encontrar o paradeiro dele. E ele encontrou por acaso. O que dizem é que informaram – eu diria aconselharam – o

Bira de que ele acharia palavras quentes na lojinha que ficava na viela da Boca da Borboleta, na entrada do morro, no Parque Barrinha. Um dia ele acompanhou um colega em sua ronda e aproveitou para descer na favela, bem à paisana. Ele ia comprar um papelote de cocaína com o próprio Pedro sem saber que ele (o Pedro) era ele e entraria na lojinha para comprar um refrigerante, na hora de pagar ele ia sacar, bem devagar, o revólver e revelar ao homem da loja quem era, o homem, claro, soltaria tudo, esse homem, que era irmão carnal do Pardal, mas que nunca teve muito a ver com nada, que só tinha ficado no lugar dele e o que sabia só sabia por ouvir e ver coisas e pessoas na biqueira ali do lado. Mas ele soltou, soltou tudo o que valia o delegado Bira saber, que aquele menino que tinha acabado de vender a cocaína para ele, que aquele menino *comia* o filho dele, que se ele queria saber onde estava o filho, que o filho estava ali – não ali fisicamente, ele quis dizer na situação. Quando o Bira fosse investigar mais tarde – e o Bira ia sair afoito da loja e olhar a viela, mas o Pedro já teria vazado. E o iaô (Andrea) poderia ver como um filme a forma com que o entrelace se apertaria a ponto de confundir onde começava cada nó, como ela (a Titânia) acreditaria que Kesley teria sido sequestrada pela polícia sem saber (assim como Olegário não poderia saber) que ela (a Kesley) estaria na manhã seguinte a que ela (a Titânia) tinha negociado com o delegado saindo pela janela do cativeiro depois de se libertar com o resto de energia que tinha, que ela (a Kesley) desceria a favela do Pó descalça, com as roupas sujas e puídas, com uma fome sonora e uma secura indescritível na garganta colada, mas sem reclamar, sem nem falar alguma coisa ou com alguém, apenas desceria sem se importar com os olhares, apenas enxergando o rosto do filho e o portão da casa da mãe; como o delegado entrando no morro com uma força-tarefa no dia anterior para buscar o filho, pensando que o filho estaria na base, mas sendo recebido por ela (a Titânia) lá dentro da casa para que conversassem sobre a integrante que havia sido sequestrada por eles, como ela pensava; como Juma entrando em seu 4x4 e indo até os bairros da cercania do Centro Histórico para enganar o Windson e levá-lo até onde havia combinado com Olegário [Assim o caminho da água encurtava, assim o delegado Ubirajara imaginava nítido o filho correndo na beira do rio, de regatinha e fralda, tropeçando no passo afoito e comendo areia. Vislumbrava o diluimento da luz do céu sobre o leito ágil e ruminava o quanto achou o filho um homem naquela tarde antiga, por não ter chorado, por ter se levantado da queda dando uma gargalhada alta de criança, por ter continuado a corrida rumo à água morna que tanto queria. A costa baixa que cercava o Parque Oroguendá se engrandecia conforme a embarcação rugia descerrando a água. Apinhavam-se chumaços de matagal alto, árvores feitas em chão molhado e ameno que aquendavam mangues cheios de vidinhas híbridas e anfíbias. Os alibãs, em conta de uns catorze, aportariam quietos em quatro barquinhos de motor. Ubirajara disse para o seu filho na noite em que saiu de sua casa que preferia um filho morto do que um filho **bandido** ou um filho bicha. Sem muito fundamento provado, pois saiu da casa e da vida de Maria Dalva e o matuto ficou livre para poder botar short em paz no quarto dele. Bira reviu a si mesmo assinando os papéis da aposentadoria, dias depois disso soube do desaparecimento do filho, Maria Dalva dizendo *ninguém sabe de Windson* e depois uma mensagem dele, a única, enviada de um número estranho: dizendo que sumiu para fazer a cabeça no candomblé. O matagal e a favela amarelada cresceram até lembrarem uma muralha. Agora o filho além de viado é também **bandido**, era mais uma mentira dele a história de candomblé, e nada dos dias dele magrinho, mais moleque, as aulas de tiro nos passarinhos da árvore da vizinha, não serviriam as tardes suarentas quando Bira segurou os pulsos fracos, auxílio com o peso da arma, palavras duras que pararam o choro que achincalhou o menino depois de ele ter pegado o corpo do passarinho, tudo se foi, se diluiu como uma garrafa que ele virasse no rio cortado pelo barco, porque agora existe para vender droga, porque, até agora, era o que fazia e o pai queria não ter sido distante assim: o filho de um policial.

O barco desligou. Começaram a sair, afundando as botas no rio e as enchendo de água, desequilibrando as armas penduradas. Alguns pularam em barrancões e caíram até o pescoço. Foram se agrupando na beira. O delegado, coberto o traje social só por um colete, arregaçou as calças e desceu com cuidado. Entre os pensamentos de morte, os alibãs puderam se entreter com o patrão aposentado se ocupando com a roupa, como se quisesse, pensaram alguns, se apresentar em bom estado ao filho. Segurava as pernas da calça ao mesmo tempo que afundava os sapatos na lama de uma segunda-feira úmida. Uma vez de frente para a equipe, o delegado Ubirajara teve de soltar a perna direita e dar o sinal com mão direcionada para a favela. Armas empossadas, os alibãs mergulharam no mato.

O fandango aviso da visão dos barcos tinha estourado em céu claro ainda, no céu amarelo cinzento de lá do Parque do Sol, ele viu: um mil de estrelinhas, feito o relâmpago dos homens, luz primeiro: pipoco depois, tiroteio sem bala, tom e sobretom, três rajadas marcadas, e a fumaça soprada do fim das estrelinhas. Pombo assistiu ao fandango e vazou corrido do píer, largando pai Sérgio por lá sem se despedir e sem pedir uma bênção. Pulou na moto e arrancou, levantando a dianteira fosse estivesse num cavalo.

Um súbito e espesso anoitecer se aproximou das cinco horas da tarde. O Topão estava com os postes e as luminárias das quadras de futebol ainda desligadas e, como o Barrão, estendeu num chumbo azulado por um tempo. Uma sombra devagar se enraizou pelos becos e ruas. Chegava uma noite morna ajuntada duma ventania bruta, um assobio grave e vibrante correu escadão abaixo, balançando as folhas de alumínio das janelas, derrubando latinhas amassadas nos cantos dos degraus úmidos, folhas secas flutuando em círculo, arrastando pacotes vazios de salgadinho, e ainda um chuvisco de prata, fino feito vidro, visível só pela sombra, que chegou atrasado, acordando as folhas das árvores e do mato em um chiado constante. Por bem, pouca gente se viu andando pela rua: os ulisses e ulissas que voltavam das mesas, balcões e caminhões: apertavam o passo dos tênis, sandálias e sapatos, prevendo talvez uma chuva grossa. Que, como espelho do céu, as artérias de cimento, os músculos de tijolos e os nervos elétricos da favela estavam sob uma nuvem escura, uma nuvem só, sem margem, tomando o céu todo, cinza mais e mais, chumbo mais e mais. E assim ficariam soturnos, no pouco a pouco, o morro em cima e embaixo, pois os postes, habituados com entardeceres quentes e graduais, só se acenderiam lá pelas sete horas. A favela em espelho feito o céu dessa noite, fechado e sem luz.

Nunca martelou tantas lembranças sobre ela como naquele dia. Olegário nem estava na base, era segunda-feira, àquela hora recebia tiras de maminha ao ponto sobre o pratão de porcelana dentro de uma churrascaria na Av. Atlântico. O aviso de Baixinho nem seria visto na hora em que apitou o bipe, tomou a água tônica primeiro, passaria a carne na farinha, mastigaria com enfoque no sabor do suco sangrento chupado pelos grãos de mandioca seca, um, quase dois minutos antes de engolir com um acre gole de tônica. Só aí olhou. Franqueou assustado os olhos e limpou a boca, então releu o salve de Baixinho. Se os alibãs pescaram onde ficava a base da Pombagira, alguém soprou. O Caboclo queria o filho e se pegassem todos, o caso do Pombo talvez nem fosse para o mesmo presídio pelo pai ser quem é. O Caboclo queria deixar leve para o filhote. Pediu ao garçom outra tônica, lembrou de Titânia ainda Thiago chegando todo magrinho, acinzentado e doente, a mãe, Tânia, de mãos estendidas em busca de milagre, se arrastando para cima de pai Sérgio. Daquele dia o matutinho não saiu mais, não demorou e recolheu no quarto de Kerejébi. Foi a única Balé que pediu a navalha de seu pai. Por tanto Titânia devia ser grata. Se seu pai não tivesse raspado, ela tinha ido a unló rápido, era feia a doença. Ele revê o matutinho cinza, lábios rachados, olho perdido, mole, como olho quebrado de boneca. E logo depois dos ebós, melhorou. Pai Sérgio dissera ao filho que era quiumba velha no cangote do matutinho, que aquele caminho de Oyá era chamariz de morto e que se o matuto desse bom macumbeiro que daria macumbeiro perigoso. E Thiaguinho tinha quanto, dez, onze anos, se perguntou Olegário, e ele mesmo tinha quanto, treze, catorze. O rosto afunilado do matutinho vivo, feito estivesse ali, no restaurante, sentado de borboletinha: já tinha *aquela cara*. E como se a expressão forte ficasse dúbia, Olegário buscou dentro de si o que seria agora, o que queria escapar da pele do Thiaguinho quando ele ficava com o rosto daquele jeito? Sempre incomodou: os olhos sérios e escuros feito buracos profundos em puro ódio, enquanto a boca sorri alegre intenção.

O garçom se aproximou com a bandeja: um regato frio de suor escorreu a lateral do corpo com o susto. Olegário voltou à mesa e à churrascaria como se despertasse. O bipe restava na mão solta *os bota chegou na pombajira*. Era o Caboclo, sabia que era o Caboclo, ele soube do filho tem dias. O Caboclo agindo como age: faro de cão. Encontrou um bom cagueta, deve ter sido. O garçom terminava de virar a latinha. Olegário suspirou e respondeu a Baixinho. O garçom se despediu. Olegário bebeu um gargalo, bateu o copo na mesa e se levantou. Pagou com três notas de cem, e saiu.

Os dedos suavam sobre o guidão. Pombo subiu o capacete e cerrou o pensamento em bolar um atalho. Se rabiolasse bem, chegaria como se fosse uma reta só. Windson longe, não sabe onde: toma sua cabeça a dúvida, e o fandango no céu também e Titânia e Lombra e Cajú e Tripa: que o rojão iluminou o céu do leste, os alibãs, então, teriam minutos até chegar na base. Virou uma curva, tirou o rádio da calça – ainda vestia roupa de ração –, deu câmbio mas novamente ninguém respondeu. Porém estava perto. Então forçou a tecer um plano com Windson na cabeça mesmo. Um sobre o outro, mas não demorou: viu a viela certa: Pombo embicou a moto e rasgou barulhento a estreita passagem. Mais duas ruas e já estaria subindo o Parque Oroguendá, onde aceleraria sem pensar muito, expulsando Windson da cabeça na marra: não sabia se trombaria morcegos andando separado de resto de equipe por ali: ele só estava com a pistola que apertava quente sua barriga. Não à toa Guendá chamava os alibãs de morcego, quando como bichos que chegam desavisados nos telhados da gente logo quando não tem em mãos o pau e o veneno. Estava na área do Parque. Acelerou e se encerrou em si mesmo, em sua própria sorte. Ele subia o morro.

Antes que Quitungo chegasse, o cão magro e pardo que chamavam Nininho estaria dando a quinta volta sobre o desnível do chão até deitar levantando uma onda leve de poeira e pelos que voaria rumo a soleira da porta, onde os pés de Baixinho a pisariam ruidosos em um sambinha curto. Logo atrás dele estaria Raio batendo palma enquanto canta soprado pelos buracos dos dentes e ainda estaria Agué, de pernas e braços cruzados sobre o sofá, ensimesmado, sentido, pouca simpatia. O portão abre: Nininho encolhe o rabo e dá a volta na casa, Baixinho solta os pés, Raio põe as mãos para trás e Agué apenas vira a cabeça na direção da janela, *Né momento de festa, não, Baixinho*. Às costas do homem a tarde no céu ia ficando escura. Quitungo fez menção de entrar, Agué foi logo falando, *Eu disse a eles, pai, mas quiseram ficar de comemoração. Acabaram de foguear o céu. Os homem 'tão no morro.* Quitungo se achegou da mesa. Falou, *Não tem de comemorar nada. Não quero o Caboclo fuzuando minha área. Ele num conversa, não é de prosa.* Então, mirou o rosto de Baixinho, *O que Monteiro te passaste.* Do quarto saiu um matutinho magrelo. Vestia uma calça de moletom apertada para sua altura e uma regatinha com a barra manchada. Andou descalço até a geladeira e veio até Quitungo o ofertando uma lata de cerveja. O homem agradeceu e estendeu as costas da mão direita. O pequeno beijou e pediu bênção, *Ogum te abençoe, Miguelzinho.* Baixinho falava, *...tudo tudinho o pastor soltou, mas o Caboclo e aquele capitão não deixou mole, se soube de uns vídeos do pastor, então ele soltou por ameaça forte. E deve ter soltado onde é a base dos viado, porque soltou que descobriu que o matuto do óculos, o calculista deles, 'tava de rolo com a dona Hortência, lavando carro na igreja, parece. Salvei em Lúcia e perguntei sobre a velha e ela disse, pai, que a pastora saiu ontem pela rua de mala e que o pastor sumiu há dias. Hoje deu isso aí. Agorinha deve 'tá acontecendo algo. O Foguinho e os outro', eu bipei e mandei se entocar. Masí, não ouvimo' pipoco nenhum. Devem de 'tá proseando. Monteiro diz que desde que o homem descobriu no que o filho 'tava metido na sexta-feira ele enfureceu. Miranda 'tá nervoso porque, bem, o pai imagina..., Logo que Caboclo prosear mais Pombagira ele descobre que os homem armaram sequestro.*

Eu já refleti, Baixinho, Quitungo tinha idade de homem jovem no entanto a vida de soldado o derreteu a cara e o arrancou os cabelos, os olhos foram retesando, mais e mais. Parecia um velho vivido mas mal estava nos quarenta. Sentava na extremidade do tampo da mesa, acendera um cigarro para organizar a fala, fumava calmo, olhava o chão. Soltou a ordem aos soldados com a rival na cabeça, começou a falar sem pressa que Baixinho bipasse outros quitungos e fosse render Miranda e os comparsas junto de Raio, que decidira comprar a paz do Caboclo, por isso Agué daria um jeito de saber onde estava a bicha de Iansã, a filha do Caboclo. Entregariam tudo na mão dele, *Mas, pai, e o pagode,* Quitungo mirou Raio sem sorrir, *É uma troca. O Caboclo num é cabaço, ele sabe de nós e do pessoal do Venâncio. Ele num é besta, irmão. Vou dizer a ele que temos os talarico de farda, a matuta índia, se ele quiser prender e fazer ela caguetar e a bicha do filho, entregamos na mão dele, mas ele me entrega a Diaba primeiro. Entre meia caixa d'água e a cabeça da Diaba, eu escolho carrega' a cabeça dela pelas trança'. Vá, vá. Nem sabemos o que vai se dar aí embaixo.*

As bocas informaram que os novos quitungos tomaram todo o Parque Oroguendá há mais de um ano. Primeiro tomaram uma vielinha e ainda se mantém lá base, escritório e cozinha. Mexeram em construção: derrubaram e juntaram paredes, o sobrado virou o principal imóvel. Por isso, num dado ponto da travessia do alto matagal, os alibãs seguiram por uma escadaria tosca de cimento. O veio do Onixití, o rio de água escura, ali também passava, uma rampa que juntava uma ponta da escadaria à outra suportou os solados das botas enlameadas e o passo nervoso e bambo do delegado. Ao verem asfalto, num longe à direita, divisaram então a boca de viela, uma fresta escura parte dum círculo de casas apertadas, entradas a outras vielas menores e mais estreitas, comércios, bares, uma boutique, uma pequena padaria, como uma clareira em meio ao labirinto. A viela ocultava o acesso à base dos criminosos e objetivo da operação Pavão. A testemunha principal desenhou direitinho a Ubirajara durante a tortura: as bichas todas defendiam bélicas o grosso beco e que até salvaguardavam algumas escondidas dentro dos bares, se preciso. A equipe hesitou, portanto. O delegado olhou a rua: de vivo só o vento chiando. Os bares estavam abertos, lâmpadas ligadas, em um deles, um rádio soando baixinho denunciaria que ali houvera gente. Tapando a entrada do beco, Bira viu um carro preto estacionado: sussurrou à equipe, gesticulou a ordem com a mão.

Os alibãs se escoraram rente à parede em curtos passos rumo ao carro estacionado, mas, antes que alcançassem, as cabeças viraram reativas: uma moto rasgou a rua direto para dentro da viela, feito fosse engolida. Um deles só não atirou pela rapidez do **bandido**. O delegado ordenou que seguissem. Três dos alibãs caminharam até o carro: quase imediato ao passo da primeira bota trovoou uma rajada barulhenta. Os alibãs se acocoraram atrás do carro, de bico em mira: tentaram olhar a viela através do vidro do motorista estourado. Sob a bruma escura veem duas ou três bichas com camisetas cobrindo as cabeças, apenas os olhos à mostra. Surgem tiros de pistola, o alibã que está abaixado próximo da traseira do veículo devolve atirando em direção ao bar. A voz de Bira de repente ecoou, *Ei!* O delegado caminha com destreza até o meio da rua, as mãos suadas para cima, o olhar bem alto. Uma das mãos empunha o revólver, *Olhe, vou abaixar a arma. Vou largar no chão.* É o único que se mexe, o resto, alibãs ou não, tencionam assistir. Ubirajara deposita o revólver no asfalto e levanta a barra da camisa ao ficar ereto de novo. Dá uma volta completa, calma. Seu rosto está empedrado. *Eu quero falar com meu filho. É só o que eu quero. Minha equipe não vai atirar em ninguém, hein. Só quero meu filho.* A esse momento, Ubirajara falava embotado. *Deixe-me entrar que desembolo. Eu só quero meu filho. Windson, filho? Me escutas daí? A gente resolve o depois, mas diga para que me deixem entrar e desembolar isso.* Gotejava uma chuva mais forte, ruidosa. A viela tomou bons instantes, plantou dúvida antes de responder. Veio um assobio: então uma bicha armada de fuzil apareceu à luz cinza do fim de dia. Destemida, de ombro teso, a arma ninada nos braços, disse, *Se achega, macho.* Ubirajara fez sinal de espera aos agentes e caminhou. Os postes brancos e alaranjados no pouco que iam ligando, iluminaram as sete horas da favela.

Nos fundos da casa os quitungos olearam pistolas, fumaram um baiano e saíram às missões. Só Baixinho voltou correndo, *Quase deixo, pai. Miranda disse que não foi o pastor que revelou do filho a Caboclo, não. Parece que foi o irmão do Pardal.* E saiu sumido. Sobre o morro já podia se dizer que a noite vinha. Ele então ficou vendo. Se afundou no sofá, esfregou o rosto mas permaneceu vendo. A bala na testa mais sentida da vida, que nunca Olegário tinha atirado em alguém pensando na dor alheia ao corpo que seria alvejado. A troca valiosa que acomete o prazer trancado de quem aponta uma arma carregada num lugar diferente. Olegário, nos instantes anteriores ao ímpeto, o gatilho fino sob a ponta do dedo, o peso da pistola vazio e insensível, o rosto do outro, o rosto do outro com outro alvo estampado, o rosto dela no rosto dele, o coração dela no rosto dele, o outro, como ele, na pré-história do êxtase, quando jorrará explosiva a bala que a tensão de Olegário segura, na semente do desejo a morte doída do outro, imaginando, como imaginou todas as vezes, o mais ligeiro e reflexivo fosse, seu corpo sendo o cravejado, quase como se desejasse estar no lado passivo da cena, mas com aquele outro o tesão distinto era por ser ela a atingida e viu: a memória viva do instante em que atirou, o rosto suado incólume e logo em seguida já embotado no centro da testa, despencando para frente como todo corpo que cai vingativo. E êxtase, como previsto, que não veio com o tiro senão com o grito dela sobre o morto.

Um grosso suspiro. Então vem a ele que ela pensa que está certa se tentar chantagear o Caboclo. Mas a Diaba tem muita mulher nela, talvez não entregue o viadinho, se pensar nisso. Ou talvez entregasse: aquele bicho se move pela reação. E Olegário tinha acertado o calcanhar dela. E de abalada foi a enlouquecida. E agressiva, Olegário pensa, deve estar arisca como gata acuada, pois só mais agressiva para poder aguentar a fraqueza. Feito naquele ageum, quando ela apontou a unha bem em sua cara, o xingando, xingando seu pai, gritando com ele. O escândalo armado, o povo todo olhando, ela se estrebuchando enquanto ele a arrasta pelo braço, então revê o tapa, o cheio tapa que virou na cara dela quando ela gritou ser ele travequeiro, o revide dela, o chute e os socos, as unhas arrancando a pele do pescoço, e a arma que arrancou da cintura e colou bem na têmpora dela e o desespero de Pombo que assistia a tudo com as mãos preocupadas segurando a cabeça e aquele neguinho mal encarado que chegou a gritar se Olegário estava louco. E sente uma ácida vergonha ao rever o que disse ao neguinho, que o neguinho se fechasse, que quem mandava naquela porra era ele e que Titânia desrespeitou o pai de santo *e tu vai resolver na bala, meu irmão Qualé a tua, neguinho Cala a boca, porra, Lombra* e ela chorando quieta, feito poucas vezes pois Olegário parecia guardar cada vez que ela chorou de fraqueza, quando Thiago ou Titânia, porque só chorava com a fraqueza iminente, como estava ali, sob o cano, o choro calado, raivoso, *aquele olhar*. Mas quando Olegário a soltasse e mandasse que eles vazassem, poucos passos e ela voltaria como possuída, berrando de ódio querendo agarrá-lo mas impedida por Pombo que deve ter tirado força do estômago para abraçá-la pela cintura e segurar firme.

A cortina passou a trepidar com um vento forte. Preso no devaneio, Olegário não notou a escuridão que tomara o chão e os móveis. Do quarto vinha o som de Miguelzinho jogando o videogame, ele fungava como se estivesse doente. Olegário se levanta e escuta um pagode torando ao longe. O morro não para, ele pensa. Vai até o quarto e entrega notas a mais que o combinado com a mãe do menino, afaga sua cabeça, diz para ele pedir para a mãe o levar ao médico. *Jorginho*, veio uma voz.

Meu pai, como o meu pai, Olegário corre até a porta da sala: um vento com chuvisco entrava junto de um senhor muito velho se escorando no batente. O homem o ajuda, segura sua mão comprida e o leva até o sofá. Pai Sérgio senta na ponta da poltrona, parece espantado. Olegário se abaixa sobre os joelhos, pede a bênção. Pergunta o que fez o pai ir até ali quando não pode ficar caminhando distâncias. *Estava mais ogã Pedro entregando um balaio quando estourou o rojão no céu, meu filho. Não sabia o que 'tava acontecendo, Os alibã' encostou atrás de tua filha, Dofono, O pai do fotógrafo, o senhor sabes quem é, o delegado de Ogum..., Sei, sei. Ele já tomou borí lá na roça. Há muitos anos. Ele era soldado ainda, ou cabo, não sei, Ele descobriu que o filho dele 'tá metido com Pombo. Ficou louco. Quer o filho de volta.* Sérgio apertou a boca, seu olhar evacuou. *Por que o senhor entregava balaio mais Pombo, meu pai, Ele me procurou. Queria jogar. Ogã Pedro não 'tá mais de caso com esse matuto aí, filho do delegado. Parece que foi embora, há de se dizer. Brigaram, Me passaram que viram os dois de briga semana passada, lá pela Borboleta, perto do córrego. Desde então ninguém viu mais o tal de Lente, E dofono vai entregar, Temo' de saber o que vai de acontecer.*

Foi escoltado até uma sala de parede verde. Desde o corredor que a antecedia, o delegado se viu impressionado com a limpeza, o cimento do chão cheirava a sabão e quando entrou na sala, um forte frescor aromatizado tomou o nariz de Bira. Não como os escritórios, cúpulas e cativeiros dos muitos que invadiu trabalhando na polícia, essa gente, ele pensou, era diferente mesmo, ou os **bandidos** machos que eram muito iguais.

Encostado em uma das paredes estava um sofá comprido, ocupado por dois deles, um baixo e preto bem retinto e um mulato avermelhado da altura de uma placa de ônibus, ambos carregando metralhadoras. Encararam Bira com carrancas de despeito. No centro da sala reinava um mesão de fórmica rodeado de cadeiras e, Bira vê, com os cotovelos apoiados no tampo, o travesti, a chefia deles, tão alta quanto o mulato, ele nota, e tão preta quanto o mal-encaradinho, e os peitos: Bira os olha e os lembram bexigas a ponto de estourar. Do lado do travesti, quem: ah, deve ser o filho do pastor, tem mesmo cara de moleque. E do outro. Ah, ele. O único que não encara Ubirajara. Não tem tanta estatura, o cabelo parece que foi cortado há pouco, certo que é vaidoso, e está suado, portanto ele era quem pilotava a moto que entrou de supetão no beco. Ele, o ladrão, corruptor. E quando levanta o rosto, Ubirajara vê os olhos azuis. Repensa, aliviado, que pelo menos o filho deu o rabo para um branco.

Pombo vê que o delegado já vivera cena parecida antes, seu rosto grande não se fecha nem em medo nem em coragem, ele pisa feito visita, com olho de quem quer avaliar a decoração: está indiferente e algum afeto emerge agora, a pálpebra tremelica, a boca sombreia uma raiva. Não diferente do que ele sente pelo delegado – ou chamaria *sogro*: não, seria ridículo. Jamais viu aquele matuto antes, só ouvira história: nunca o vira mas o conhecia. O mais o que ele fez em Windson, as tantas vezes que Windson falou chorando daquele homem. Pombo pensa: ele fizesse o que fosse, não entregariam Windson. Mal a Firma sabe onde ele está. Pombo não sabe onde ele está.

A bicha empurrou Ubirajara em direção à mesa. *Tu vieste desembolar, delegado? Desembole, desaquende*, diz Pombagira. Bira desbaldou o olhar em cima dela, *Eu vim buscar meu filho. É só o que desejo. Já sei que ele está metido com – Como tu ficaste a tento disso, bofe?*, diz Pombagira, em maior tom de voz, *A investigação da polícia é muito eficiente – Meu cu, bofe. A certidão não diz que nasci ontem, não. Vá, desaquendes. Quem é a cagueta das minhas filhas, Não vim atrapalhar o negócio de vocês – Não veio atrapalhar. Não fosse tua filhinha 'tá amarrada com a gente e os teus já tinham estourado tudo isso aqui de bala. Teus bofe encanou três bicha' minha na semana passada, delegado. Não dá pra esconder suas intenções de mim. Uma mulher como eu sempre sabe a intenção dum homem.* Pombagira saca uma carteira de cigarro e um isqueiro do decote. Ubirajara permanece estacado, os braços colados ao corpo, *Tu queres tua filha,* ela diz com o cigarro entre os dentes, *então entregue a Índia, nossa parceira que tu e teus homens raptaram.* E reclina, melodiosa, os colares batem uns nos outros feito sinos. O delegado parece ter escutado bajubá, a expressão perdida na imagem: pesa a testa em desentendimento. *Tu não sabias, não é, delegado?, Quanto pediram,* diz Bira, a voz brônquica, rancorosa, *Meia caixa d'água.*

Pombo engoliu como pôde a vontade de estourar a cabeça de Ubirajara e dos outros alibãs em respectiva. Mal vê que a fala de Pombagira amoleceu seu punho armado, escondido embaixo da mesa. Ele não sabia que Kesley tinha sido raptada. Ele não sabe onde está Windson. Ele perdeu a rédea.

Pombagira acende o cigarro com paciência. O som se resume ao ronco do ventilador no cômodo ao lado. *Fumas, Fumo.* Ela arrasta o maço pela mesa, *'tá suadinho.* Ubirajara pega sem pudor. Acende com os fósforos que levava no bolso da calça. *Eu posso cuidar do rapto da parceira de vocês. Mas peço garantia que vou ter meu filho, É um pelo outro, delegado.*

Pombo vira num repente a cabeça. Outra palavra não mora no peito senão ódio: o rosto dela não é harmônico com o que disse, parece não querer dizer o que disse, mas ela, ela não deixaria de tapar seu buraco dolorido e ainda não estancado, Pombo pensa. Essa conversa toda é um troca-troca de perdas. E se vê: matando, mais uma vez, matando cruelmente, com vagar, com estratégia, com lâmina e é Titânia a esfaqueada: antes essa imaginação virar verdade do que ele entregar Windson pela Kesley. Não. Isso não. Pombo não deseja de volta o fardo do passado, é o que menos desejaria. *E peço que vá logo, então, delegado*, Pombagira continua, *Não sei se sabes, pelo visto não, já que as coisa' acontece bem embaixo de teu nariz e tu não cheiras. Mas, ó, a matuta 'tá grávida. E se essa criança morrer, delegado. Bem, o senhor sabe o que se paga uma outra vida. Não sabes?* Ubirajara não contém uma expressão de nojo, *Tu vais ameaçar a polícia, teu* **bandido?** Os dois que sentavam no sofá, Pombo e o moleque do outro lado da mesa levantaram de bico em riste rente o corpo do delegado, *Ei, ei ei, delegado*, Pombagira também fica de pé, ajeita o vestido, puxa a barra para baixo e reajusta as alças nos ombros. Os colares realmente batem como sinos, pensa Bira. Ela o encara frente a frente: *Me diga, 'tá vendo algum homem aqui?* Pelo menos uns três palmos ela o ultrapassa em altura e, Bira repara, está de chinelas. Pombagira desmancha o riso. *Eu quero a Índia no campo baldio atrás da Assembleia de Deus da rua Oroguendá assim que raiar o dia. Um pelo outro. Traga a matuta e nós dá tua filhota. Comigo o pagamento é sempre adiantado.*

Olegário se levantou devagar e estalou os pulsos, acendeu a luz e andou até a pia, pegou uma leiteira no armário e começou a encher de água. Seu pai ficaria trancado no que quer que pensasse até o filho levar o copo fumegante de café, como *O senhor viras algo no jogo?, Claro que vi, Jorginho, E orixá 'tá em qual lado da guerra, Que guerra, meu filho? Tu matou teu irmão de santo, Olegário. Não 'tá encerrado isso, Foi outro assunto, meu pai, e o senhor sabe. Lei é lei. E é guerra, sim, meu pai. Uma guerra que não acabou, Que dizes, meu filho? O que queres mesmo dizer, O senhor sabe onde 'tá o tal do Lente, O que queres fazer, Olegário? O que queres, A cabeça da tua filha, que causa dela que esse alibã subiu no meu morro de novo e não quero que esse aí atrapalhe meus negócio. Vou dar o filho dele mas quero a Diaba em troca, Tu queres matar mais um irmão de santo teu, Jorginho, Ela te ameaçou de morte. Ninguém diz que vai matar meu pai assim. Num importa quem for, Quando isso vai parar? Logo esse arerê escala, é isso que tu queres, O senhor não pense vazio assim que eu nem te reconheço. Que a mãe Zilda e o Vodú são suporte à Diaba, de bico, proteção e feitiço. O senhor não cuide. Esses são louco de tomar o Barrão, Isso tem de encerrar, Não lhe reconheço, homem de Iansã. Pareces um sabonete agora, meu pai. Logo tu, que fez tanto pior que eu. O senhor jogou búzios hoje, então deves saber. Já que não foi em tua vida, meu pai, que começou tudo? Deves saber como acaba. O senhor conhecia Painho melhor que eu. E ele? Que ele faria?* Sérgio subiu as bochechas murchas, esfregou as mãos pequenas, olhou o teto fosse visse algo, *Pegaria o mal pela raiz*, falou. E abriu a boca numa risada seca] escutaria sua mãe de santo contar o final da história do mesmo jeito que Juma e Windson haviam contado, como se ouvisse em uníssono, e as vozes se misturassem. Ainda assim pensaria que eram os ouvidos quem escreviam tudo, porque eles escutariam apenas o que quisessem, de todas aquelas frases que descreveriam a mesma imagem mas embaralhadas cada uma de uma forma – Ele não contou, não foi, ele (o Windson) estava concentrado em contar o que aconteceu *com ele*, porque ele não falou que quando chegou com a Juma, quando ela o entregou para o Olegário e o Olegário o entregou para seu pai que, dentro do carro do Bira, estava a Titânia. Ele não contou isso e nem a Juma contou também. Olha, dofono, não sei se adiantou tu teres ido atrás de Luzia, se só querias saber de meu finado tio Sérgio, podias ter me perguntado, eu falaria sem problema, como agora, já de noite, hora de janta, estou te contando as partes da história que não tinha te contado, com mais detalhes. Mas quero acabar logo com isso. Não, eles não contaram que foi uma troca mesmo. Que o Windson foi dado para o pai, que o pôs no carro e fechou a porta, e que a Titânia, pelo contrário, foi tirada do carro e dada para o Olegário. Depois disso é aquilo: todo mundo lembra da fumaça no céu.

Ele pediria enquanto estivesse ejaculando sobre o abdômen de Andrea e ela não pausaria, ficaria assistindo o líquido grosso e aquecido gotejar como de uma calha sobre sua pele, continuaria contando a história daquela que também haveria de se tornar sua musa assim como era para sua mãe de santo, a história dela (da Titânia, Diaba, Titão, Demônia) estendida até ali, para aquele fim, quando ele pediria o outro fim enquanto estivesse no fim. E claro que o Quitungo teria conseguido o que queria, ele teria usado a Juma para destruir o que a Titânia tinha construído, ainda que não fosse matar o esboço da possibilidade de gente renegada pegar em armas somente por ela ter feito a própria história, mas o que era dela ele havia conseguido, ele *levou ela lá para o Topão, porque foi lá que todo mundo viu a fumaceira, no cume do morro. Ele levou ela como uma prisioneira, eles subiram a pé, levando ela com os braços amarrados* fez com que a Firma se dissipasse de uma vez, logo quando se soube que a Titânia havia sido pega pelos alibãs. E enquanto *eles subiam na frente de todo mundo como se quisessem dizer que ela era uma condenada* o Olegário estivesse para fazer o que desejava fazer com ela (Titânia) o Lombra estaria fugindo pelo Granjão, onde seria caguetado depois de visto e morreria em uma tocaia pelos Varandas *facção do Granjão que ia ficar, claro, do lado do Quitungo e jamais do lado do viado* Pedro seria passado em uma viela e Cajú simplesmente sumiria como deve ter feito ao sair do Rio de Janeiro, assim como as travestis que estavam trabalhando nas três biqueiras começaram a dar pé, uma a uma. Antes de *subirem tudo até o topo, onde fica teu terreiro e eu acho que foi até perto, levaram ela em um campinho, que era mais ou menos escondido, se alguém fosse ali olhar ia conseguir ver tudo* ele dar a condenação que tanto queria tudo estaria dissolvido e ela estaria em suas mãos e calada, apenas portando o olhar de ódio conhecido por ele (Olegário) *ela subiu sem falar uma palavra, ela estava apenas com um vestido solto e um fio da santa dela, de miçanga marrom, assim, e foi levada pelo nó da corda que amarrava as mãos, como um animal, mas iam desamarrar, no campinho, onde ela já tinha visto: uma pilha de pneus, na quantidade certa para a altura dela. E ela não ia falar, não ia falar nada, só ia olhar, na pior faceta da Titânia, quando ela só olhava e não falava, em seu estado da mais pura fúria, olhando para a cara do Olegário... Mas ninguém colocaria a mão, não, a Diaba mesma ia tirar o vestido por cima da cabeça pra ficar apenas de fio de contas na frente deles e esperar eles virem com os galões de gasolina. Eles jogaram em cima do corpo dela como se quisesse dar banho, sem dó nenhuma. E o Quitungo pediu pra ela que falasse uma última palavra e ela não disse nada, continuou olhando ele com o olho vermelho dela... e ia ficar assim enquanto o Quitungo a pegasse pela mão como se quisesse dizer que eles estavam indo casar, mas a levou até a pilha de pneus e observou os homens dele tirarem um por um e colocarem no corpo dela como a roupa que não tinha mais.*

Ela permaneceria contando, mesmo que ele já tivesse secado o gozo da pele e tivesse ido ao banheiro para lavar as mãos, continuaria explicando como o Olegário, não os homens e nem ninguém mais, jogou nos pneus a gasolina que faltava e tacou fogo com o mesmo fósforo com que acendeu o cigarro.

– E todo mundo na favela ia ver a fumaça subindo de lá de cima no morro. Mas todo mundo já entenderia o que estaria acontecendo porque a Titânia não seria a primeira a morrer no micro-ondas, o que talvez tenha feito todo mundo olhar foi a dúvida de saber se era *ela* quem estava sendo queimada. Ela não tinha só conseguido fazer coisas de **bandido**, ela tinha morrido como um também –

Zona sul de São Paulo
27.02.22 – 30.03.24

AGRADECIMENTOS

Está feito, a primeira história de Enseada do Ariwá foi escrita e publicada. Já vai para lá dos cinco anos desde que fiz os primeiros rascunhos desse estado fictício, é uma alegria que nunca pude imaginar ver este livro publicado. Devo agradecer a toda a fé e ajuda que me rodeou durante toda a composição desse *Samba*.

Agradeço minha avó paterna. Não a conheço, não sei quem é, somente sei a cor de sua pele e seu lugar, por isso agradeço por ter sido o pretexto da criação de Enseada do Ariwá.

Agradeço minha avó materna, por sua história de vida e seu senso de sobrevivência implacável, eu o peguei emprestado e o instalei na Titânia.

Devo pedir obrigado a quem me ajudou com o processo. Leopoldo Cavalcante, por editar o livro com admirável afinação. Marcela Dantés, por ter lido o texto do avesso e me apontado as harmonias. Marcelo Conde, por ter me presenteado com um prefácio valioso, por ter ouvido fino para as notas do *Samba*. Helena Machado, Gustavo Dutra, Laura Redfern Navarro, Gabriel Ferreira, pelas leituras prévias, pelos apontamentos. Juliana W. Slatiner, Alexandre Coimbra Amaral, Tatiana Lazzarotto, Marcos Vinícius Almeida, Caio Girão, Juliana Glasser, Bruno Inácio, pelo apoio, por toda e qualquer palavra. Diego, pelos cafés, pelos baseados, pelos ouvidos, não há pessoa no mundo que conheça mais a Titânia que você. Victor Frazão, pelas fotos incríveis. Faustino, pela parceria artística. Dona Mulambo, pela proteção, pelos assopros no ouvido, pela coragem. Yemojá, ìyá mi, por ter me concedido cognição e equilíbrio.

CARA LEITORA, CARO LEITOR

A **Aboio** é um grupo editorial colaborativo.

Começamos em 2020 publicando literatura de forma digital, gratuita e acessível.

Até o momento, já passaram pelos nossos pastos mais de 800 autoras e autores, dos mais variados estilos.

Para a gente, o canto é conjunto. É o aboiar que nos une e que serve de urdidura para todo nosso projeto editorial.

São as leitoras e os leitores engajados em ler narrativas ousadas que nos mantêm em atividade.

Nossa comunidade não só faz surgir livros como o que você acabou de ler, como também possibilita nos empenharmos em divulgar histórias únicas.

Portanto, te convidamos a fazer parte do nosso balaio!

Todas as apoiadoras e apoiadores das pré-vendas da **Aboio:**

—— têm o nome impresso nos agradecimentos de todas as cópias do livro;

—— são convidadas a participarem do planejamento e da escolha das próximas publicações.

Fale com a gente pelo portal **aboio.com.br,** ou pelas redes sociais (**@aboioeditora**), seja para se tornar uma voz ativa na comunidade **Aboio** ou somente para acompanhar nosso trabalho de perto!

Vem aboiar com a gente. Afinal: **o canto é conjunto.**

EDIÇÃO Leopoldo Cavalcante
PREPARAÇÃO André Balbo
REVISÃO Marcela Roldão
FOTO Victor Frazão
DIREÇÃO DE ARTE Luísa Machado
COMUNICAÇÃO Thayná Facó
PROJETO GRÁFICO E CAPA Leopoldo Cavalcante

Edição © Aboio, 2024
Samba Fandango © Andreas Chamorro, 2024
Fotos © Victor Frazão, 2024

Grafia atualizada segundo o Acordo Ortográfico da Língua Portuguesa de 1990, que entrou em vigor no Brasil em 2009.

Os personagens e as situações desta obra são reais apenas no universo da ficção: não se referem a pessoas e fatos concretos, e não emitem opinião sobre eles.

Dados Internacionais de Catalogação na Publicação (CIP)
Aline Graziele Benitez — Bibliotecária — CRB — 1/3129

Chamorro, Andreas
    Samba fandango / Andreas Chamorro. -- São Paulo:
Aboio, 2024.

    ISBN 978-65-85892-29-2

    1. Romance brasileiro I. Título

24-237707   CDD–B869.3

Índices para catálogo sistemático:
1. Romances : Literatura brasileira

[2024]

Todos os direitos desta edição reservados à:
ABOIO EDITORA LTDA
São Paulo — SP
(11) 91580-3133
www.aboio.com.br
instagram.com/aboioeditora/
facebook.com/aboioeditora/

[Primeira edição, dezembro de 2024]

Esta obra foi composta em Adobe Caslon Pro.
O miolo está no papel Pólen® Bold 70g/m².
A tiragem desta edição foi de 1500 exemplares.
Impressão pelas Gráficas Loyola (SP/SP)

A marca FSC® é a garantia de que a madeira utilizada na fabricação do papel deste livro provém de florestas que foram gerenciadas de maneira ambientalmente correta, socialmente justa e economicamente viável, além de outras fontes de origem controlada.